KB252542

커튼

밀란 쿤데라　박성창 옮김

밀란 쿤데라 전집

Milan Kundera　13　La lenteur

민음사

커튼

LE RIDEAU

by Milan Kundera

차례

1부   연속성의 의식   7

2부   세계 문학   45

3부   사물의 핵심에 도달하기   83

4부   소설가란 무엇인가?   119

5부   미학과 삶   149

6부   찢어진 커튼   175

7부   소설, 기억, 망각   211

1부　　연속성의 의식

1부　　연속성의 의식

연속성의 의식

음악가이셨던 우리 아버지에 대한 일화가 있다. 아버지가 친구들과 함께 모처에 계실 때의 일이다. 라디오인지 전축에서인지 어느 교향악의 음율이 울려 퍼졌다. 친구들은 모두 음악가나 음악 애호가였으므로, 곧장 베토벤의 「9번 교향곡」임을 알아챘다. 친구들은 아버지에게 물었다. "이 음악이 무엇이겠나?" 그러자 아버지는 오랫동안 생각한 끝에 이렇게 대답했다. "베토벤이랑 비슷하군." 모두가 웃음을 터뜨렸다. 아버지는 「9번 교향곡」도 몰랐던 것이다! "확신하나?" "물론이지." 아버지가 대답했다. "베토벤의 후기 작품 같네." "후기 작품이란 건 어떻게 알 수 있나?" 그러자 아버지는 젊은 시절의 베토벤이라면 결코 사용할 수 없었을 화성의 연결 부분을 주의 깊게 듣도록 하셨다.

이는 아마도 누군가가 지어낸 장난기 어린 이야기겠지만,

우리 (혹은 우리 것이었던) 문명에 속하는 인간 고유 특징 중 하나인 역사적 연속성의 의식이 무엇인지 잘 보여 준다. 우리 눈에는 모든 것이 역사의 모습을 지니고 있는 것처럼 보여서, 일련의 사건과 태도 그리고 작품 들의 논리적인 연쇄로 나타났다. 유년 시절, 나는 아주 자연스럽게, 무리하지 않고도, 내가 좋아하는 작가들의 작품 연대기를 정확하게 알고 있었다. 아폴리네르가 『칼리그람』 다음에 『알코올』을 썼으리라고는 결코 생각할 수 없었다. 만약 그런 경우라면 그는 다른 시인이 되었을 것이고, 그의 작품은 전혀 다른 의미를 지니게 되었을 것이기 때문이다! 나는 피카소의 작품 하나하나를 그 자체로도 좋아하지만 또한 그 연속적인 단계들이 내가 속속들이 알고 있는 기나긴 여정으로서 인지되는 피카소의 작품 전체 역시 좋아한다. 우리는 어디에서 오는가 또는 우리는 어디로 가는가와 같은 유명한 형이상학적 질문들은 예술에서 구체적이고 명백한 의미를 지니며, 분명히 다양한 대답들이 존재한다.

역사와 가치

　형식이나 화성 그리고 선율이 베토벤과 비슷한 소나타를 쓴 현대 작곡가 한 사람을 상상해 보자. 심지어 이 소나타는 워낙 훌륭하게 작곡되어서 만약 그 곡이 진실로 베토벤의 것이었다면 걸작의 반열에 올랐으리라고 생각해 보자. 그러나 아무리 훌륭하다 해도 현대 작곡가가 쓴 작품이라면 비웃음을 면치 못할 것이다. 그 작곡가는 잘해야 혼성 모방의 달인으로 찬사를 받을 것이다.

　어떻게 된 것인가! 사람들은 베토벤의 소나타 앞에서 미적 쾌락을 느낄 뿐, 똑같은 스타일과 똑같은 매력을 지녔다 해도 현대 작곡가가 만든 소나타 앞에서는 그것을 느끼지 못한다는 말인가? 이는 위선의 극치가 아닌가? 미적 감각은 본능적이며 감수성에 의해 자극되는 것이 아니라 날짜를 인지함으로써 결정되는 두뇌 활동인가?

어찌 할 도리가 없다. 역사적 의식은 예술에 대한 우리 인식에 내재해서 이러한 시대착오(오늘날 지어진 베토벤의 작품)는 자연스럽게(즉 아무런 위선 없이) 우스꽝스럽거나 거짓되고 엉뚱한 것, 심지어는 흉측한 것으로까지 느껴질 것이다. 연속성에 대한 우리의 의식은 너무나 강해서 이는 각 예술 작품을 지각(知覺)할 때마다 작용한다.

구조주의 미학의 창시자인 얀 무카르조프스키는 1932년 프라하에서 다음과 같이 썼다. "객관적인 미적 가치의 가정만이 예술의 역사적 진화에 의미를 부여한다." 달리 말해서 미적 가치가 존재하지 않는다면, 예술의 역사는 그 연대기적 연속이 아무런 의미를 갖지 못하는 거대한 작품 창고에 지나지 않는다는 것이다. 역으로 보자면, 미적 가치가 지각되는 것은 예술의 역사적 진화의 맥락에서만이라고 할 수 있다.

그러나 어떤 객관적인 미학적 가치에 의거해서 나라별로, 역사적 시대별로, 사회 집단별로 고유한 취향이 존재한다고 말할 수 있을까? 사회학의 관점에서 보면, 예술의 역사는 마치 의복이나 장례와 혼례 의식이나 스포츠 혹은 축제의 역사와 마찬가지로 그 자체로는 의미가 없으며, 한 사회의 역사의 부분을 이룬다. 디드로와 달랑베르의 『백과전서』에서 소설이라는 표제 아래 다룬 내용은 거의 이러하다. 소설 항목을 쓴 조쿠르 기사(騎士)는 소설의 대량 보급(거의 모든 사람이 읽는다.)과 도덕적 영향(때로는 유익하고, 때로는 해로운)은 인정했지만, 소설 자체의 특별한 가치는 결코 인정하지 않았다. 또한 그는 오늘날 우리가 찬미하는 소설가들을 아무도 언급하지 않았다. 라블레, 세르반테스, 케베도, 그림멜스하우젠, 디포, 스위프트, 스몰렛, 르사주, 아베 프레보, 그 누구도 언급하지 않았다. 조쿠르 기사에게 소설은 독자적인 예술도, 독자적인 역사도 아니었던 것이다.

라블레와 세르반테스. 백과전서파가 그들의 이름을 올려놓지 않은 것은 별로 충격적인 일이 아니다. 라블레는 소설가로 불리는 것에 거의, 아니 전혀 개의치 않았고, 세르반테스는 이전 세기의 환상 문학에 대하여 풍자적인 에필로그를 쓰려 했다. 둘 다 자신을 '창시자'라고 생각하지 않았던 것이다. 단지 소설 작법의 실행을 통해 그들에게 이러한 지위가 점진적으로, 귀납적으로 부여된 것이다. 그리고 이러한 지위가 부여된 것은, 그들이 소설을 처음 쓴 사람들이었기 때문만이 아니라 그들의 작품이 이 새로운 서사 예술의 존재 이유를 다른 작품들보다 더 잘 이해시켰고, 그들의 계승자에게는 위대한 소설적 가치들의 전형으로 구현되었기 때문이다. 소설에서 가치를, 즉 특별한 가치, 미적 가치를 인정하기 시작했던 그때부터 비로소 소설들의 연쇄는 하나의 역사로서 나타날 수 있었다.

소설의 이론

헨리 필딩은 소설의 시학을 생각해 낸 최초의 소설가들 중 하나였다.『톰 존스』의 열여덟 권 각각은 일종의 소설 이론(소설가가 자신의 언어는 조심스럽게 견지하고 학자들의 전문 용어는 극도로 피하면서 이론화하기 때문에 가볍고 유쾌하다.)에 관련된 장으로 시작한다.

필딩은 1749년, 즉『가르강튀아』와『팡타그뤼엘』이후 두 세기,『돈키호테』이후 한 세기 반이 지난 다음에 소설을 썼다. 라블레와 세르반테스를 내세우기는 했지만 필딩에게 소설은 여전히 새로운 예술이어서 자신을 "문학의 새로운 영역의 창시자"라고 지칭한다. 이 '새로운 영역'은 너무도 새로워서 아직 그 이름조차 없었다! 더 정확히 말하자면, 이 영역에는 영어로 노벨(novel)과 로맨스(romance)라는 두 가지 명칭이 있었지만 필딩은 이 용어들을 사용하지 않았다. 이 '새

로운 영역'은 발견되자마자 이미 "바보스럽고 괴물 같은 소
설 무리들(a swarm of foolish novels and monstrous romances)"
에 침범당했기 때문이다. 그는 자신이 경멸하는 부류에 섞이
지 않으려고 "세심하게 소설이라는 용어를 피하면서" 이 새
로운 예술을, 다소 지나치게 기교를 부렸으나 놀라우리만치
정확한 용어인 "산문-희극-서사적 글쓰기(prosai-comi-epic
writing)"라고 지칭했다.

그는 이 장르를 정의 내리고자 즉 그 존재 이유를 규명하고
또한 그것이 해명하고 탐구하고 포착하고자 한 현실의 경계
를 확정 짓고자 했던 것이다. "여기에서 우리가 독자에게 제
공하는 자양분은 인간 본성이다." 이 명제는 겉보기와는 달리
결코 진부하지 않다. 그때까지 사람들은 소설에서 재미있고
교훈적이며 기분 전환이 되는 이야기 그 이상을 보지 못했던
터였다. 따라서 아무도 소설에 '인간 본성'에 대한 탐구만큼
일반적인 목표, 다시 말해서 엄격하면서도 진지한 목표를 부
여해 주지 못했으며, 또한 아무도 소설을 인간에 대한 성찰
의 경지에 올려놓지 못했다.

『톰 존스』에서 필딩은 등장인물 한 사람 때문에 어안이
벙벙해졌다며 서술을 도중에 갑자기 멈춘다. 그 인물의 행동
은 필딩에게 "인간이라는 이 기이하고 놀라운 피조물의 머릿
속에 결코 자리 잡을 수 없는 모든 부조리 가운데에서도 가
장 설명할 수 없는 것"으로 보였던 것이다. '인간이라는 이
기이한 피조물'에게 존재하는 '설명할 수 없는 것' 앞에서의
놀라움은 사실 필딩에게 소설을 쓰는 첫 번째 동기, 즉 창작

의 이유다. '창작(영어로 invention)'은 필딩에게 핵심어다. 그는 그 기원으로 라틴어 inventio를 제시하는데, 이 단어는 발견(discovery, finding out)을 뜻한다. 소설을 창작하면서 소설가는 그때까지 알려지지 않았던, 숨겨져 있던 '인간 본성'의 한 양상을 발견하는 것이다. 소설 창작은 그러므로 인식의 행위다. 필딩은 이를 "우리가 바라보는 모든 대상의 진정한 본질을 신속하고 명민하게 꿰뚫어 보는 것(a quick and sagacious penetration into the true essence of all the objects of our contemplation)"이라고 정의한다.(훌륭한 문장이다. 형용사 '신속한(quick)'은 이 행위가 직관이 근본적인 역할을 수행하는 특별한 인식 행위임을 잘 보여 준다.)

그렇다면 '산문-희극-서사적 글쓰기'의 형식은 어떠한가? 필딩은 "문학의 새로운 영역의 창시자로서 나는 이 재판정 안의 법을 마음대로 정할 수 있다."라고 선언하면서 그에게 비평가들이 될 '문학 관리들'이 강요하려는 모든 규범에 대하여 미리 자신을 변호한다. 소설은 필딩에게 존재 이유(이것은 내가 보기에 매우 중요한 점인데)이자 필딩이 '발견하고자 한' 현실의 영역에 의해서 정의되는 것이다. 그와 반대로 소설의 형식은 아무도 제한할 수 없는 자유, 그 발달 과정이 영원히 놀라움의 대상이 될 뿐인 자유에서 나오는 것이다.

가련한 알론소 키하다

가련한 알론소 키하다는 전설적인 방랑 기사로 이름을 날리고 싶었다. 문학의 전 역사를 통틀어서 보자면, 세르반테스는 바로 그와 정반대의 인물을 만들어 냈다. 그는 전설적인 인물을 낮은 곳, 즉 산문의 세계로 보낸 것이다. 이 산문이라는 단어는 운문이 아닌 언어를 의미할 뿐만 아니라, 삶의 구체적이고 일상적이며 육체적인 성격 또한 의미한다. 소설을 산문의 예술이라고 말하는 것은 그러므로 하나 마나 한 이야기라고 할 수 없다. 이 단어는 이 예술의 심오한 의미를 정의하기 때문이다. 호메로스는 아킬레우스 혹은 아이아스가 그 수많은 전투를 치른 후에 이가 모두 무사한지 여부는 묻지 않았다. 그와 반대로, 돈키호테와 산초에게 아픈 이나 빠진 이 등과 같이, 치아는 영원한 관심사였다. "산초, 다이아몬드 하나보다 이 하나가 더 중요하다는 걸 알아야 해."

그러나 산문은 삶의 고통스럽거나 통속적인 측면만이 아니라 그때까지 무시되었던 아름다움이기도 하다. 평범한 감정들, 예를 들면 산초가 돈키호테에게 느끼는 친밀함이 깃든 우정 같은 감정의 아름다움 말이다. 돈키호테는 기사도 소설에 등장하는 시종이라면 감히 자기 주인에게 그런 어조로 말할 수 없다면서 산초의 경망스러운 수다를 야단친다. 물론 속사정은 전혀 다르다. 산초의 우정은 세르반테스가 새로운 산문적 아름다움에 대해 발견해 낸 것들 가운데 하나이기 때문이다. "······어린아이라도 대낮에 지금은 밤이라고 믿게 할 수 있을 것이다. 이러한 단순함 때문에 나는 그를 내 생명처럼 사랑하며, 그의 모든 기행에도 불구하고 그를 떠날 수 없는 것이다."라고 산초는 말한다.

돈키호테의 죽음은 산문적이기 때문에, 다시 말해서 파토스가 결여되어 있기에 더욱 감동적이다. 돈키호테는 이미 유언장을 구술했으며 이후 사흘간 그를 사랑하는 사람들에게 둘러싸여 죽어 가고 있었지만 "이 사실 때문에 질녀가 먹지 못하거나 가정부가 마시지 못하거나 산초의 기분이 유쾌하지 않다거나 하는 일은 없었다. 왜냐하면 무언가를 물려받는다는 사실이 인간은 필연적으로 죽게 되어 있다는 고통스러운 사실을 사라지게 하거나 혹은 약화했기 때문이다."

돈키호테는 산초에게 호메로스와 베르길리우스가 "후대에 모범이 되기 위하여, 있는 그대로의 모습이 아니라 그렇게 되어야만 하는 모습의 인물들을 묘사"했다고 설명해 준다. 그런데 돈키호테 자신은 따라야 할 모범에서 제외된다.

소설의 인물들은 그들의 미덕 때문에 찬양받기를 요구하지 않는다. 이 인물들은 이해받기를 원하는데 이는 완전히 다른 점이다. 서사시의 영웅들은 승리한 순간이나, 혹은 패배했다 해도 죽는 마지막 순간까지 그 위대함을 잃지 않는다. 돈 키호테는 패배했다. 그리고 그 어떤 위대함도 없었다. 왜냐하면 있는 그대로의 인간 삶이 패배라는 사실은 너무나 명백하기 때문이다. 삶이라고 부르는 이 피할 수 없는 패배에 직면한 우리에게 남아 있는 유일한 것은 바로 그 패배를 이해하고자 애쓰는 것이다. 바로 여기에 소설 기술의 존재 이유가 있다.

'스토리'의 독재

톰 존스는 업둥이다. 올워디 영주가 보살펴 주고 교육하는 시골 어느 성에서 산다. 젊은 청년이 된 톰은 부유한 이웃의 딸인 소피아와 사랑에 빠지는데, 그의 사랑이 세상에 알려지자(6권 끝부분) 적대자들의 중상모략으로 인해 격노한 올워디가 그를 쫓아낸다. 그때부터 기나긴 방랑이 시작된다.(이는 단 한 명의 주인공 '악당(피카로)'이 일련의 모험을 겪고 매번 새로운 등장인물을 만나는 '피카레스크' 식 소설의 구성을 환기한다.) 그리고 소설은 말미(17권과 18권)에 가서야 비로소 주요 줄거리로 되돌아온다. 즉 놀랍고 새로운 사실들이 몰아친 이후에야 톰의 출생의 수수께끼가 설명된다. 톰은 오래전에 죽은, 올워디가 너무도 사랑한 누이의 사생아였던 것이다. 결국 톰은 소설 마지막 장에서 승리하고, 사랑하는 소피아와 결혼한다.

필딩이 소설의 형식에 대하여 전적인 자유를 주장한다고 할 때, 그는 우선 소설의 의미와 본질을 구성한다고 주장되는 행동, 몸짓, 말의 인과 관계, 즉 영국인들의 용어로 말하자면 ‘스토리(story)’로 소설이 환원되기를 거부하고자 한 것이다. ‘스토리’의 절대주의적 권력에 항거하여 필딩은 특히 “그가 원하는 곳에서, 그가 원할 때” 자신의 주석과 성찰의 개입에 의하여, 달리 말하자면 여담(digressions)에 의하여, 서술을 방해할 권리를 내세운다. 그러나 필딩 역시 마치 ‘스토리’가 구성의 통일성을 보증해 주고, 시작과 끝을 연결해 주는 유일한 토대인 것처럼 ‘스토리’를 사용한다. 그리하여 필딩은 결혼이라는 ‘해피 엔드’의 공을 울리면서 『톰 존스』를 끝냈다.(아이로니컬한 미소를 은밀하게 띠면서였겠지만.)

이러한 관점에서 보면 십오 년 후쯤 쓰인 『트리스트럼 샌디』는 ‘스토리’를 급진적이고도 전면적으로 배제한 첫 작품이다. 필딩이 사건들의 인과 관계로 이루어진 기나긴 복도에서 질식하지 않기 위해 여담과 에피소드의 창문을 여기저기 크게 낸 반면, 로렌스 스턴은 ‘스토리’를 완전히 포기한다. 말하자면 스턴의 소설은 하나의 복합적인 여담, 즉 에피소드의 명랑한 무도회에 지나지 않으며, 고의적으로 그리고 희한하게 약화된 그 통일성은 기이한 인물들과 금방이라도 웃음이 터질 만큼 사소하고 하찮은 행동들에 의해서만 연결되어 확인될 뿐이다.

스턴은 20세기 소설 형식의 위대한 혁명가들과 종종 비교된다. 이는 스턴이 ‘저주받은’ 시인이 아니었다는 사실을 제외하고는 맞는 말이다. 스턴은 폭넓은 대중에게 찬사를 받았다. 스토리를 사용하지 않는 그의 장엄한 행위로 인하여 대중은 미소 지으며, 웃으며, 농담하며 스턴을 찬양했다. 게다가 아무도 그가 어렵다거나 이해할 수 없다며 비난하지 않았다. 혹 대중이 화를 냈다면, 그 주제의 가벼움이나 사소함, 더 나아가 충격적인 무의미 때문이었을 것이다.

그의 소설을 무의미하다고 비난했던 사람들은 올바른 단어를 사용한 것이다. 그러나 필딩이 말한 바를 되새겨 보자. "여기에서 우리가 독자에게 제공하는 자양분은 인간 본성이다." 그렇다면 위대한 극적 행위들이 진실로 '인간 본성'을 이해하기 위한 가장 좋은 열쇠일까? 오히려 있는 그대로의 삶을 가리는 장벽이 아닐까? 우리의 가장 커다란 문제점 중 하나가 무의미 아닌가? 바로 그것이 우리의 운명이 아닌가? 만약 그렇다고 한다면, 이러한 운명은 우리의 행운일까, 불운일까? 우리의 굴욕일까, 혹은 그와 반대로 우리의 위안, 탈출구, 이상향, 피난처일까?

이러한 질문들은 의외였으며 도전적이었다. 이러한 질문들을 제기할 수 있었던 것은 『트리스트럼 샌디』의 형식적 유희 때문이다. 소설의 기술에서는 실존적 발견과 형식의 변형이 분리될 수 없는 것이다.

현재의 시간을 찾아서

돈키호테는 죽어 가고 있었다. 그러나 "이 사실 때문에 질녀가 먹지 못하거나 가정부가 마시지 못하거나 산초의 기분이 유쾌하지 않다거나 하는 일은 없었다." 짧은 순간 동안 이 문장은 삶의 산문성을 가리는 커튼을 살짝 걸어 올린다. 그렇지만 만약 이 산문성을 좀 더 가까이에서 조사해 보고자 한다면? 상세하게? 순간순간? 산초의 좋은 기분은 어떻게 표현되는가? 산초가 수다스러운가? 두 여자와 함께 이야기하는가? 무엇에 대해서? 자기 주인의 침대 옆에 줄곧 머물러 있는가?

규정상 화자는 일어난 일을 이야기한다. 그러나 각각의 작은 사건은 과거가 된 이후부터 구체적인 특색을 잃고 윤곽으로 변화한다. 서술은 기억이다. 즉 그것은 요약, 단순화, 추상화다. 삶 그리고 삶의 산문성의 진짜 얼굴은 현재의 시간 속에서만 발견된다. 그러나 어떻게 지나간 사건들을 이야기하고 그 사건들이 잃어버린 현재 시간을 재구성해 줄 것인가? 소설의 기술은 대답을 찾았다. 바로 장면(scènes) 속에서 과거를 재구성하는 것이다. 장면은 문법적으로는 과거로 이야기된다 해도 존재론적으로는 현재다. 즉 우리는 장면을 보고, 듣는다. 장면이 지금 여기, 우리 앞에 펼쳐지니까.

필딩을 읽으면서 독자는 한 총명한 남자가 하는 이야기 때문에 계속 조마조마해하며 그에게 매혹되는 청중이 되었다. 발자크는 약 팔십 년 후, 독자를 스크린(아직은 미완성인 영화 스크린)을 바라보는 관객으로 변화시켰다. 그 속에서 소설가의 마법은 관객이 장면들에서 눈을 뗄 수 없도록 했다.

필딩은 불가능한 이야기나 믿을 수 없는 이야기를 만들어 내지는 않았으나, 이야기의 핍진성(vraisemblance)에는 관심이 거의 없었다. 그는 현실의 환상으로 청중을 현혹하고자 하지는 않았으나, 그가 창조하는 이야기와 예기치 않은 관찰 그리고 놀라운 상황의 마술로 매혹하고자 했다. 그와 반대로 소설의 마법이 장면을 시각적으로나 청각적으로 환기하는 데에서 핍진성은 제일 중요한 규칙이 되었다. 즉 핍진성은 독자가 자신이 보는 것을 믿도록 하는 데에 필요 불가결한 조건이 된 것이다.

필딩은 일상적인 삶에 거의 관심이 없었다.(그는 진부함이 언젠가 소설의 커다란 주제가 될 것이라고는 생각하지 못했다.) 필딩은 등장인물의 머리를 스치고 지나가는 성찰을 비밀스러운 마이크의 도움으로 듣는 체하지 않았다.(필딩은 외부에서 그 성찰을 바라보았고, 명석하고 종종 희한한 가정의 심리학으로 발전해 나갔다.) 묘사는 그를 지루하게 했으므로, 그는 주인공의 외모나 소설의 역사적 배경에 주목하지 않았다.(독자 여러분은 톰의 눈 색깔을 알 수 없을 것이다.) 필딩의 서술은 장면 위에서 즐겁게 맴돌았고, 명확한 플롯과 성찰에 필수적이라고 생각한 단편만을 환기했을 뿐이다. 톰의 운명이 해결되는 런던은 실제 도시보다는 카드 위에 인쇄된 작은 원에 가깝다. 길, 광장, 저택 들은 묘사되지도 심지어는 거명되지도 않는다.

19세기는 전 유럽을 여러 번 그리고 완전히 변화시킨 수십 년간의 분쟁(déflagrations) 동안 태어났다. 인간 존재에서 근본적인 어떤 것이 그때 바뀌었으며 그 후로도 지속되었다. 역사는 누구나의 경험이 되었다. 인간은 그가 태어난 곳과 같은 세계에서 죽지 않으리라는 사실을 이해하기 시작했다. 역사의 시계는 어디에서나 큰 소리로 시간을 알리기 시작했다. 심지어 시간이 당장에 헤아려지고 날짜가 매겨지는 소설들 내부에서도 그러했다. 의자나 치마 같은 작은 대상 각각의 형태는 곧바로 그것의 소멸(변형)로 표시된다. 묘사의 시대에 들어선 것이다.(묘사: 일시적인 것에 대한 연민, 소멸적인 것에 대한 구원.) 발자크의 파리는 필딩의 런던과 다르다. 광장에는 이름이 있고, 집에는 색채가, 길에는 냄새와 소음이 있다. 그것은 분명한 한순간의 파리, 이전과 다른, 이후와도 다를 파리인 것이다. 그리고 소설 각 장면에는 한번 그늘에서 나오자 끊임없이 세계의 얼굴의 형상을 만들고 또다시 만드는 역사가 나타나게 된다.(의자의 형태나 의상의 재단 때문은 아닐 것이다.)

위대한 세기, 즉 소설이 인기와 권력을 누리는 세기에 들어선 소설의 길 위 하늘에서 새로운 성좌가 빛난다. '소설이란 무엇인가에 대한 생각'이 이때 정립되어 플로베르와 톨스토이, 프루스트의 시대까지 소설의 기술을 지배하게 될 것이었다. 이러한 생각은 이전 세기의 소설들을 반쯤 망각의 상태로 빠뜨리며(믿을 수 없는 사실 하나. 졸라는 『위험한 관계』를 읽어 본 적이 없다.) 소설의 다가올 변화를 어렵게 만들 것이다.

'역사'라는 단어의 다양한 의미들

'독일의 역사', '프랑스의 역사'라는 두 표현에서 각각의 보어는 다르지만 역사(histoire)의 개념은 의미가 같다. '인류의 역사', '기술의 역사', '과학의 역사', '이런저런 예술의 역사' 등에서는 보어가 다를 뿐만 아니라 '역사'라는 단어 또한 매번 다른 것을 의미한다.

위대한 의사 A는 어떤 병을 고치는 데 탁월한 효과가 있는 치료법을 만들어 낸다. 그러나 십 년 후 의사 B가 더 효과적인 치료법을 만들어 내고, 그리하여 이전 (그러나 천재적인) 치료법은 폐기되고 망각된다. 과학의 역사는 진보의 특성을 지닌다.

역사의 개념이 예술에 적용되면 진보와는 아무런 관계가 없다. 그것은 완성, 개선, 향상을 함축하지 않으며, 미지의 땅을 탐험하고 그것을 지도에 그려 넣으려고 시도하는 어떤 여행에 가깝다. 소설가의 야심은 이전 선배들보다 나아지려는 데에 있는 것이 아니라, 그들이 보지 않았던 것을 보고 그들이 말하지 않았던 것을 말하는 데에 있다. 북극 발견이 아메리카 대륙 발견을 무효화하지 않는 것과 마찬가지로 플로베르의 시학은 발자크의 시학을 폄훼하지 않는다.

기술의 역사는 인간과 인간의 자유에 거의 의존하지 않는다. 그 자체의 논리에 따르게 되므로, 기술의 역사는 이전의 역사와 또 이후의 역사와 다를 수 없다. 이런 의미에서 기술은 비인간적(inhumaine)이다. 만약 에디슨이 전구를 발명하지 않았다면 다른 누군가가 발명했을 것이다. 그러나 로렌스 스턴이 '스토리'가 없는 소설을 쓰리라는 미친 생각을 품지 않았다면, 어느 누구도 스턴 대신 그것을 하지 않았을 것이며 소설의 역사는 우리가 지금 알고 있는 것과는 달랐으리라.

"문학의 역사는 말 그대로의 역사와는 반대로 승리자들의 이름만을 포함할 것이다. 왜냐하면 패배는 그 누구에게도 승리가 아니기 때문이다." 쥘리앵 그라크의 이 통찰력 있는 문구는 문학의 역사는 '말 그대로의 역사와는 반대로' 사건의 역사가 아니라 가치의 역사라는 사실에서 모든 결론을 이끌어 낸다. 워털루가 없다면 프랑스의 역사는 이해가 불가능할 것이다. 그러나 소소한 작가들, 심지어 위대한 작가들에게도 워털루는 망각 속에 자리 잡고 있을 뿐이다.

'말 그대로의' 역사, 즉 인류의 역사는 이제는 없는 것들, 직접적으로 우리의 삶에 참여하지 않는 것들의 역사다. 예술의 역사는 가치의 역사이므로 우리에게 필요한 것, 항상 현존하는 것, 항상 우리와 함께 있는 것의 역사다. 말하자면 우리는 몬테베르디와 스트라빈스키를 같은 공연장에서 듣고 있다.

항상 우리와 함께 있기 때문에, 예술 작품의 가치는 끊임없이 의심되고, 옹호되고, 판단되고, 재판단된다. 그러나 어떻게 판단하는가? 예술의 영역에는 이를 위한 정확한 기준이 없다. 각각의 미학적 판단은 개인적인 판단의 몫이다. 그러나 자기 주관성에 갇혀 있지 않고, 다른 판단에 맞서는 하나의 판단은 인정받고자 하며, 객관성을 열망한다. 집단의식 속에서 소설의 역사는 라블레부터 우리 시대에 이르기까지 내내 이렇게 영속적인 변형 속에 있다. 이 변형에는 능력과 무능력, 지성과 무지, 그리고 무엇보다도 '망각'이 참여한다. 망각은 무가치 옆에서, 평가 절하되거나 인정받지 못하거나 잊힌 가치들이 잠들어 있는 자신의 묘지를 넓히기를 멈추지 않는다. 이렇게 필연적인 불공정성이 예술의 역사를 극도로 인간적인 것으로 만들고 있다.

삶의 갑작스러운 밀도의 아름다움

도스토옙스키의 소설들에서 시계는 계속해서 시각을 알려준다. 『백치』의 첫 문장은 "아침 9시쯤이었다."이며, 바로 그때 아주 우연히(그렇다. 소설은 거대한 우연으로 시작된다!) 한번도 서로 만나 본 적 없는 므이쉬킨, 로고진, 레베제프, 이 세 인물이 한 기차간에서 만난다. 그들이 나누는 대화에서 소설 여주인공 나스타샤 필립포브나가 곧바로 등장한다. 11시, 므이쉬킨은 예판친 장군 댁 벨을 누른다. 12시 30분, 므이쉬킨은 장군의 부인과 세 딸과 함께 점심 식사를 한다. 대화 중에 나스타샤가 다시 등장한다. 그러면서 나스타샤는 자신을 기른 토츠키라는 사람이 예판친의 비서관인 가냐와 자신을 결혼시키려고 온갖 노력을 다한다는 사실을 알게 된다. 또한 그날 저녁 나스타샤의 스물다섯 번째 생일을 축하하는 파티에서 그녀가 자기의 결정을 알려야만 할 것이라는 사실도 알게 된다. 점심 식사가 끝나자 가냐는 므이쉬킨을 자기 가족의 집으로 데려간다. 거기에 나스타샤가 도착한다. 아무도 예상하지 못한 일이었다. 술에 취한 로고진이 곧바로 다른 술 주정뱅이들을 이끌고 나타나는데, 이 또한 예기치 못한 일이었다.(도스토옙스키 작품의 각 장면이 지닌 리듬감은 예기치 못한 방문에 의해 주어진다.) 나스타샤네 집에서 열린 연회는 흥분 속에 진행된다. 토츠키는 초조하게 결혼 발표를 기다리고, 므이쉬킨과 로고진은 둘 다 나스타샤에게 사랑을 고백하며, 로고진은 게다가 나스타샤에게 10만 루블의 지폐 다발을 바친다. 나스타샤는 그 지폐 다발을 난로 속에 던져 버린다. 연회는 밤늦게 끝난다. 이것이 소설의 1부다. 250쪽 정도까지 만 하루도 안 되는 열다섯 시간이 지났고, 겨우 네 개의 무대, 즉 기차, 예판친의 저택, 가냐의 집, 나스타샤의 집이 등장할 뿐이다.

그때까지 하나의 시간과 하나의 공간에 그렇게 밀도 있게 사건들이 집중되는 것은 연극에서밖에 볼 수 없었다. 극도로 극화된 행위들(가냐는 므이쉬킨의 뺨을 때리고, 바랴는 가냐의 얼굴에 침을 뱉고, 로고진과 므이쉬킨은 동시에 한 여성에게 사랑을 고백한다.) 뒤로 일상적인 삶을 이루는 모든 것이 사라진다. 이것이야말로 스콧, 발자크, 도스토옙스키 소설의 시학이다. 즉 소설가는 장면들 속에서 모든 것을 말하고자 한다. 그러나 장면 묘사는 공간을 너무 잡아먹고, 긴장을 유지할 필요성은 행위들의 극단적인 밀도를 요구한다. 그로부터 모순이 생겨난다. 소설가는 산문적 삶의 진실성을 유지하고자 하지만 장면 속에 사건이 너무 많아지고 우연이 넘쳐나서 산문적인 성격과 그 진실성을 잃어버리고 마는 것이다.

그러나 나는 이러한 연극화된 장면을 단순히 기술적인 필요 때문이라든지 결함에 의한 것이라고 보지 않는다. 왜냐하면 이러한 사건들의 축적은 예외적이고 믿을 수 없지만 그 무엇보다도 매혹적이기 때문이다! 그것이 우리 자신의 삶에 들어오게 될 때 얼마나 우리를 경탄하게 하며 매료시키는가! 그럴 때 우리는 그것을 결코 잊을 수 없게 된다! 발자크 혹은 도스토옙스키(소설적 형식의 위대한 마지막 발자크주의자)의 장면들은 아주 특별한 아름다움, 너무나 희귀한 아름다움, 그러나 확실히 실재하며 각자의 삶을 사는 동안에 갖게 되는 (혹은 최소한 스쳐 가는) 아름다움을 반영한다.

내 젊은 시절의 자유분방했던 시기가 갑자기 생각난다. 내 친구들은 남자에게 있어 단 하루 동안 세 여자를 갖는 것보다 더 아름다운 경험은 없다고 선언했다. 섹스 파티의 기계적인 결과로서가 아니라 예기치 않은 기회, 놀라움, 유혹들의 섬광처럼 빠른 일치에서 생겨나는 개인적 모험으로서 말이다. 이러한 '세 여자와의 여정'은 극도로 희귀한, 꿈과도 같은 일이지만 눈부신 매력이 있었다. 그 매력은, 오늘날 내가 보건대 왕성한 성행위에 있지 않고 연속적인 짧은 만남들이 갖는 서사적 아름다움에 있다. 이전 여자와 비교해 볼 때, 각각의 여자는 훨씬 더 독특해 보였고, 그 세 육체는 각각 다른 악기로 연주되지만 단 하나의 화음으로 일치되는, 세 개의 긴 악보와 닮았다. 그것은 아주 특별한 아름다움, 즉 삶의 갑작스러운 밀도의 아름다움이었다.

사소한 것의 힘

1879년 『감정 교육』 2판(초판은 1869년에 나왔다.)을 위해 플로베르는 문단 배치에 변화를 주었다. 그는 한 문단을 여러 개로 나누지 않았지만, 종종 좀 더 긴 문단으로 연결했다. 이는 플로베르의 깊은 미학적 의도를 보여 주는 것이다. 말하자면 소설을 비연극화(déthéâtraliser), 즉 비(非)극화하는 것('비발자크화하는 것')이며, 더 큰 전체에 행위와 몸짓과 대사를 포함시키고, 일상의 흐름 속에 그것들을 용해하는 것이다.

일상. 그것은 단순히 권태, 사소함, 반복성, 범용성만이 아니다. 그것은 또한 아름다움이기도 하다. 예를 들면 공기의 마법과도 같은 것. 각자는 자기 삶에서 그것을 깨닫게 된다. 옆집에서 은은하게 들려오는 음악 소리, 창문을 두드리는 바람 소리, 사랑의 고통에 사로잡힌 학생이 한쪽 귀로 흘려듣는 교수의 단조로운 목소리. 이러한 사소한 상황들은 내적 사건에 모방할 수 없는 독특함을 새기고, 이로 인해 그 사건은 날짜가 매겨지고 잊히지 않게 된다.

그러나 플로베르는 일상의 진부함에 대한 탐구를 좀 더 멀리 밀고 나갔다. 오전 11시, 엠마는 약속 장소인 성당에 도착한다. 그리고 그때까지 플라토닉한 관계였던 연인 레옹에게 더 이상 만나고 싶지 않다는 사실을 알리는 편지를 말없이 건넨다. 그다음에 그녀는 물러나서 무릎을 꿇고 기도하기 시작한다. 그녀가 몸을 일으키자 한 안내인이 그들에게 성당을 구경해 보라고 말한다. 만남을 서둘러 끝내기 위해 엠마는 그 제안에 동의하고, 두 사람은 묘비 앞에 서서 머리를 들어, 망자의 기마상을 바라보고는, 또 다른 묘비들과 조각상들을 계속 지나치면서, 플로베르가 재현해 낸 안내인의 어리석고 기나긴 설명을 듣게 된다. 화가 치밀어 오른 레옹은 더 이상 견딜 수 없어 구경을 멈추고 엠마를 성당 앞 광장으로 데려간 다음, 삯마차를 부른다. 그러고 나서, 이따금씩 마차 속에서 들려오는 남자의 목소리, 즉 여행이 계속되도록, 그리하여 사랑의 시간이 끝나지 않도록 계속해서 새로운 방향으로 향하라는, 마부에게 내리는 지시 외에는 아무것도 보이지도 들리지도 않는, 그 유명한 장면이 시작된다.

문학에서 가장 유명한 에로틱한 장면 중 하나가 전적인 진부함, 즉 위험하진 않지만 성가신 사람 그리고 그의 계속되는 끈질긴 수다로 시작한다. 연극에서 위대한 행위는 또 다른 위대한 행위에 의해서만 생겨날 수 있다. 오직 소설만이 사소한 것의 거대하고 신비로운 힘을 발견할 수 있다.

죽음의 아름다움

안나 카레니나는 왜 자살했는가? 겉으로 보기에는 모든 것이 명백하다. 여러 해 전부터 주위 사람들이 그녀에게서 멀어졌기 때문이다. 그녀는 자신의 아이 세료쟈와 떨어져 있어 괴로워했다. 브론스키가 여전히 그녀를 사랑한다 해도, 그녀는 그의 사랑을 두려워했다. 그녀는 지쳤고, 지나치게 흥분한 상태였고, 병적으로(그리고 부당하게) 질투했다. 그녀는 새장에 갇힌 것처럼 느꼈다. 그랬다. 이렇듯 모든 이유가 명백하다. 그렇다면 새장에 갇혀 있다고 해서 모든 사람이 자살하는가? 많은 이들이 새장 속에서 살아가는 데에 익숙하다! 그녀가 지닌 슬픔의 깊이를 이해한다 하더라도, 안나의 자살은 수수께끼로 남아 있다.

자기 정체성의 끔찍한 진실을 알게 되었을 때, 이오카스테가 목매단 것을 보았을 때, 오이디푸스는 두 눈을 파낸다.

그가 태어났을 때부터 필연은 엄정한 확실성으로 비극적 결말을 향해 그를 이끌었다. 그러나 소설의 7부에서 안나는 어떤 예외적인 사건도 벌어지지 않은 상태에서 처음으로 자신의 죽음을 생각한다. 금요일이었고, 안나가 자살하기 이틀 전이었다. 브론스키와 다툰 후에 괴로움에 빠진 그녀는 갑자기 아이를 낳고 나서 얼마 후 자신이 내뱉은 "내가 왜 죽지 않았을까?"라는 문장을 생각해 낸다. 그리고 그녀는 그 생각에 오래 머문다.(주목하라. 새장에서 탈출하고자 애쓰다가 죽음에 대한 생각에 논리적으로 도착한 것은 그녀가 아니다. 그녀에게 은근히 그 생각을 불어넣은 것은 회상이었다.)

그녀는 그다음 날인 토요일, 두 번째로 죽음에 대해 생각한다. "브론스키를 벌주고 그의 사랑을 되찾을 수 있는 유일한 방법"은 자살일 것이라고 생각한다.(그러므로 그 자살은 새장에서의 탈출이 아니라 사랑에 대한 복수인 것이다.) 잠들기 위해서 그녀는 수면제를 복용하고 죽음에 대한 감정적인 몽상에 빠진다. 그녀는 자기 시신에 몸을 기울이고 있는 브론스키의 고통을 상상한다. 그러고 나서 자신의 죽음은 환상일 뿐이라는 사실을 생각하고는, 그녀는 살아 있다는 커다란 기쁨을 느낀다. "아니야, 아니야, 죽음이라니! 나는 그를 사랑하고, 그도 나를 사랑해. 우리는 지금처럼 힘들었던 때를 함께 거쳐 왔고 모든 일이 잘 풀렸어."

그다음 날인 일요일은 그녀가 죽는 날이다. 아침에 한 번더 그들은 다툼을 벌인다. 브론스키가 모스크바 근처 빌라에서 자기 어머니를 만나러 떠나자마자 그녀는 그에게 메시지를 보낸다. "내가 잘못했어. 돌아와. 이야기 좀 해. 제발 좀. 돌아와. 난 두려워!" 그러고 나서 그녀는 시누이인 돌리를 만나 자신의 고민을 털어놓기로 결정한다. 그녀는 사륜마차에 올라앉아서 자유롭게 머릿속에 떠오르는 생각들에 자신을 내맡긴다. 그것은 논리적인 성찰이 아니라 생각의 단편, 관찰, 회상, 모든 것이 뒤섞이는 제어할 수 없는 두뇌 활동이다. 운행 중인 사륜마차는 그런 침묵의 독백에 이상적인 장소다. 왜냐하면 그녀의 눈앞에 흘러가는 외부 세계가 끊임없이 그녀의 생각을 북돋우기 때문이다. "사무실과 상점들. 치과. 그래, 돌리에게 모든 걸 말해야지. 모두 말하는 건 고통스럽겠지만 그래도 그렇게 할 거야."

(스탕달은 어떤 장면의 한가운데에서 소리를 멈추는 것을 좋아한다. 우리는 대화를 더 이상 들을 수 없고 한 인물의 비밀스러운 생각을 따라가게 된다. 항상 너무나 논리적이고 압축된 생각에 직면하게 되는데, 그 생각에 의해서 스탕달은 상황을 전개하고 자신의 행동을 결정하는 중인 주인공들의 전략을 밝혀 준다. 그런데 안나의 비밀스러운 독백은 전혀 논리적이지 않으며, 심지어 생각이라고 할 수도 없다. 그것은 어떤 주어진 순간에 그녀의 머릿속에 존재하는 흐름이다. 톨스토이는 이렇게 오십 년쯤 후에 제임스 조이스가 『율리시스』에서 훨씬 더 체계적으로 실행하게 될 것, 내적 독백 혹은 의식의 흐름이라 부르게 될 방법을 예견하고 있는 것이다. 톨스토이와 조이스는 똑같은 강박에 사로잡혀 있다. 즉 현재의 순간에 한 사람의 머릿속을 지나가는 것, 그다음 순간에는 영원히 사라져 버릴 그것을 포착하고자 한 것이다. 그러나 한 가지 차이점은, 내적 독백 속에서 톨스토이는 조이

스처럼 정상적이고 일상적이며 진부한 삶을 탐구하는 것이 아니라 여주인공의 삶의 결정적 순간들을 탐구한다는 것이다. 그리고 이것은 훨씬 더 어려운 일인데, 왜냐하면 어떤 상황이 극적이고 예외적이고 심각할수록 그것을 이야기하는 사람은 그 구체적 성격을 지우고, 비논리적 산문성을 잊게 되고, 비극의 치환 불가능하고 단순화된 논리로 그것을 대체하는 경향이 있기 때문이다. 자살의 산문성에 대한 톨스토이의 탐구는 그러므로 위대한 업적이며, 소설의 역사 속에서 그와 같은 것을 찾아볼 수 없고 앞으로도 찾아볼 수 없을 하나의 '발견'이다.)

돌리의 집에 도착한 안나는 그녀에게 아무것도 이야기할 수 없다. 그녀는 곧 이야기를 멈추고 사륜마차에 올라타 다시 떠난다. 두 번째 내적 독백이 뒤를 잇는다. 거리의 장면들, 관찰들, 연상들. 자기 집에 돌아온 안나는 브론스키의 전보를 발견한다. 거기에서 그는 시골의 어머니 집에 있으며 밤 10시 이전까지는 돌아오지 않을 것임을 알리고 있다. 아침에 보냈던 감동적인 호소("제발 좀. 돌아와. 난 두려워!")에 대하여, 그녀는 똑같이 감동적인 대답을 기대했다. 그리고 자신의 메시지를 브론스키가 받지 못했다는 사실을 모른 채 상처받는다. 그녀는 브론스키에게 가기 위해 기차를 타기로 결심한다. 다시 한 번 그녀는 사륜마차에 앉는다. 그 안에서 세 번째 내적 독백이 시작된다. 거리의 장면들, 어린아이를 안고 있는 거지, "왜 저 여자는 동정을 받으리라고 생각할까? 우리는 서로 증오하고 고통을 주기 위해 이 땅에 던져진 것이 아닌가……? 저기, 즐겁게 놀고 있는 학생들……. 내 아기 세료쟈……!"

그녀는 사륜마차에서 내려 기차를 탄다. 거기서 추함이라는 새로운 힘이 장면 안으로 들어온다. 객실 창문으로 그녀는 "흉한 차림" 여인이 플랫폼으로 서둘러 가는 것을 본다. 그녀는 "그 추한 모습에 질려서 흉하지 않은 모습을 머릿속으로 그려 보았다……." 그 여인은 "부자연스럽고, 찌그린 표정으로 가식적으로 웃고 있는" 소녀를 데리고 있었다. "추하고 더러운 모습에 모자를 쓴" 한 남자가 나타난다. 그 부부는 그녀 앞에 앉고 "그녀에게 불쾌감을 일으킨다." 남자는 "부인에게 하찮은 말들"을 지껄인다. 모든 합리적인 사유가 그녀의 머리를 떠나 버리며, 미적 지각은 극도로 예민해진다. 자리를 뜨기 삼십 분 전에, 그녀는 아름다움이 세계를 떠나는 것을 본다.

기차는 멈추고 그녀는 플랫폼으로 내린다. 거기서 그녀는 10시에 되돌아가겠노라고 재차 확인하는 브론스키의 메시지를 전달받는다. 그녀는 온몸의 감각이 도처에서 발견되는 저속함과 추함, 평범함에 시달리며 계속해서 군중 사이를 걷고 있다. 화물열차가 역에 들어오고 있다. 갑자기 그녀는 "브론스키와 처음 만난 날 깔려 죽은 사람을 기억해 내고는 자신이 무엇을 해야 할지를 깨닫는다." 그녀가 죽기로 결심하는 것은 바로 그때다.

(그녀가 기억해 낸 "깔려 죽은 사람"은 브론스키를 처음 봤던 그 순간 열차 밑에 떨어진 철도원이다. 그녀의 사랑 이야기를 역에서의 두 죽음으로 둘러싸려는 이러한 균형감은 무엇을 의미하는가? 이는 톨스

토이의 시적인 조작인가? 아니면 상징들을 다루는 그의 방식인가?

상황을 요약해 보자. 안나는 자살하기 위해서가 아니라 브론스키와 재회하기 위해 역에 간다. 플랫폼에서 우연히 그녀는 갑자기 기억에 사로잡히고 자신의 사랑 이야기에 아름답고 완전한 형식을 부여할 수 있는 예기치 않은 기회, 다시 말해 역이라는 동일한 무대와 열차 바퀴에 깔려 죽는다는 동일한 모티프에 의해 연애의 시작과 끝이 연결될 수 있는 기호에 매료당한다. 왜냐하면 사람은 의식하지는 않지만 아름다움의 유혹 아래서 살아가며, 안나는 존재의 추함에 숨이 막힐 것만 같기에 더욱더 이러한 유혹에 민감해졌기 때문이다.)

그녀는 몇 계단을 내려가서 철로 근처에 섰다. 화물열차가 다가온다. "예전에 수영을 하면서 물에 몸을 담그려고 할 때 느꼈던 것과 유사한 감정이 그녀를 사로잡았다……."

(얼마나 멋진 문장인가! 삶의 매우 짧은 마지막 순간, 극도의 심각함이 유쾌하고 일상적이며 가벼운 추억과 연결되었으니 말이다! 죽음의 비장한 순간에도 안나는 소포클레스의 비극적인 행보와는 거리가 멀다. 그녀는 추함이 아름다움 곁에 있고 합리적인 것과 비합리적인 것이 공존하며 수수께끼가 수수께끼로 남아 있는 산문의 신비로운 길을 떠나지 않는다.)

"그녀는 어깨를 구부리고 손을 앞으로 내민 채 열차 밑으로 떨어졌다."

반복된다는 것의 부끄러움

1989년 공산당 체제가 붕괴된 이후 내가 프라하에 체류하던 초기에 거기서 줄곧 살아 왔던 한 친구가 내게 다음과 같은 말을 한 적이 있다. 우리에게 필요한 것은 발자크일지도 몰라. 왜냐하면 네가 여기서 보는 것은 자본주의 사회가 복원되면서 그 사회가 지니게 된 모든 잔인하고 어리석은 것들과 사기꾼과 벼락부자들의 저속함이니까. 상업적인 어리석음이 이데올로기적인 어리석음을 대체했지. 그러나 이 새로운 경험에서 특이한 점은 그것이 아직도 기억 속에 생생하게 남아 있는 예전 경험을 간직하고 있으며, 이 두 경험이 마치 전송 복사된 것처럼 똑같으며, 역사란 발자크의 시대와 마찬가지로 믿을 수 없는 혼돈들을 등장시킨다는 점이야. 그러고 나서 친구는 어느 노인의 이야기를 내게 들려주었다. 당의 고위 간부였던 이 노인은 이십오 년 전에 재산을 몰수당

한 어느 대부르주아 가문의 아들과 자신의 딸을 결혼시키고
서 결혼 선물로 사위에게 좋은 경력을 만들어 주었다. 오늘
날 이 당 간부는 홀로 쓸쓸히 삶을 마감하는 중이다. 사위의
가문은 국고로 환수된 재산을 되찾았으며, 딸은 공산주의자
인 아버지가 부끄러워 비밀리에 만난다는 것이다. 내 친구
는 웃었다. 무슨 말인지 알겠나? 고리오 영감의 이야기와 너
무도 똑같지 않나! 공포정치 시절의 어느 유력자가 자신의
두 딸을 '계급의 적들'과 결혼시키는 데 성공하지만 왕정복
고가 되어서는 딸들이 아버지를 보려고 하지 않아 가련한 아
버지는 딸들을 남이 보는 데에서는 만나지 못하게 되니까 말
이지.

우리는 오랫동안 웃었다. 오늘날 나는 이 웃음의 의미에
대해 잠시 생각해 본다. 늙은 당 간부는 그렇게도 어리석었
나? 다른 사람이 겪었던 일을 반복했기 때문에 어리석은 것
인가? 그러나 그는 그 어떤 것도 되풀이하지 않았다! 반복된
것은 바로 역사다. 그리고 반복되기 위해서는 부끄러움이나
현명함이나 감식안이 없어야만 한다. 우리로 하여금 웃게 만
드는 것은 역사의 악취미다.

우리 시대에 필요한 것은 발자크라는 내 친구의 권고를
다시 생각해 보자. 보헤미안처럼 자유분방한 이 시대가 그
자신의 발자크를 필요로 한다는 말은 사실인가? 아마도 체
코인들로서는 조국의 재자본주의화에 대한 소설들을 읽거
나, 발자크 식으로 쓰여서 수많은 인물들이 나오는 광범위하
고 풍부한 소설 대계를 읽는 것이 더 좋을지 모른다. 그러나

발자크라는 이름에 걸맞은 어느 소설가도 이런 소설을 쓰지 못할 것이다. 또 한 권의 『인간극』을 읽는 것은 어리석은 일이다. 왜냐하면 역사(인류의 역사)는 반복되는 악취미를 가진 반면 예술의 역사는 반복을 용인하지 않기 때문이다. 예술은 마치 커다란 거울처럼 역사의 모든 우여곡절과 변화 그리고 무한한 반복을 기록하기 위해 있는 것이 아니다. 예술은 역사의 발자취를 따라다니며 풍악을 울리는 브라스 밴드가 아니다. 예술은 자신의 역사를 창조하기 위해 있는 것이다. 언젠가 유럽에서 남게 될 것은 그 자체로는 어떤 가치도 제시하지 않는 그 반복적 역사가 아니다. 남아 있는 행운을 누릴 유일한 것은 그 예술들의 역사다.

2부   세계 문학

최소한의 공간에 최대한의 다양성을

민족주의자건 코즈모폴리턴이건, 정착해 살건 떠돌며 살건, 유럽인은 조국과의 관계에 의해 모든 것이 결정된다. 유럽에서 민족주의의 틀은 다른 어느 곳보다도 더 복잡하고 심각하며, 어쨌든 다르다. 여기에 또 다른 특성이 추가된다. 유럽에는 커다란 국가들 옆에, 그 가운데 몇 나라는 최근 두 세기 동안 정치적 독립을 획득한(되찾은), 작은 국가들이 존재한다는 점이다. 이런 나라들의 존재는 나로 하여금 문화적 다양성이 유럽의 위대한 가치임을 깨닫게 했다. 러시아가 내 작은 조국을 그들 마음대로 주물럭거릴 때, 나는 유럽에 대한 나의 이상을 다음과 같이 표명한 바 있다. 최소한의 공간에 최대한의 다양성을. 러시아인들은 내 조국을 더 이상 지배하지 않지만 이 이상(理想)은 더욱 위태로운 상태에 놓여 있다.

유럽의 모든 국가는 공동 운명을 갖고 있지만 자신만의

독특한 경험에 따라 서로 다른 방식으로 살아 낸다. 그렇기 때문에 유럽 예술의 역사(회화, 소설, 음악 등)는 서로 다른 국가들이 번갈아 가며 증인이 되는 릴레이 경주처럼 나타난다. 다성 음악은 프랑스에서 시작되어 이탈리아에서 발전하고, 네덜란드에서 놀랄 만큼 복잡한 구성을 보이다가 독일에서 바흐의 작품으로 완성되었다. 18세기 영국 소설이 비약한 이후에 프랑스 소설의 시대가, 그 후에는 러시아 소설, 그 후에는 북유럽 소설의 시대가 왔다. 유럽 예술의 역사가 보여 주는 역동성과 긴 호흡은, 그 다양한 경험이 고갈되지 않는 영감의 원천을 이루는 국가들의 존재 없이는 생각하기 힘들다.

나는 아이슬란드를 떠올린다. 13세기와 14세기에 수천 쪽에 이르는 작품이 여기에서 태어났으니 그것이 바로 전설과 영웅담을 담은 '사가(saga)'이다. 프랑스인이나 영국인도 이 시기에는 아직 모국어로 쓰인 그러한 작품을 만들어 내지 못했다! 이 점을 끝까지 생각해 보기 바란다. 유럽 산문의 첫 번째 위대한 도약은 오늘날에도 인구가 불과 3만 명을 넘지 못하는 가장 작은 나라에서 창조되었다는 점 말이다.

돌이킬 수 없는 불평등

뮌헨이라는 이름은 히틀러에 대한 항복의 상징이 되었다. 그러나 좀 더 구체적으로 살펴보자. 1938년 가을, 뮌헨에서는 4대 강국인 독일, 이탈리아, 프랑스 그리고 영국이 그 발언권조차 부정했던 조그만 국가의 운명에 대해 협상하고 있었다. 별실에서 체코 외교관 두 명은 아침이 되어 체임벌린과 달라디에가 피곤에 절어 하품을 하면서 사형 선고를 내리게 될 방으로 긴 복도를 따라 인도되기를 밤새도록 기다리고 있었다.

"우리가 잘 알지 못하는 먼 나라.(a far away country of which we know little.)" 체임벌린이 체코슬로바키아의 희생을 정당화하고자 했던 이 유명한 말은 정확했다. 유럽의 한편에는 커다란 국가들이, 다른 한편에는 작은 국가들이 있으니까. 협상실에 자리 잡은 국가들이 있는가 하면 밤새도록 부속실에서 기다리는 국가들이 있다.

작은 국가들을 커다란 국가들과 구분하게 해 주는 차이는
국민의 수라는 양적 기준이 아니라 더 심오한 어떤 것이다.
그들의 존재는 그 자체로 자명한 확실성이 아니라 항상 어떤
질문, 내기, 위험이다. 그들은 자신들의 한계를 넘어서고 자
신들의 존재는 안중에도 없으며 아예 지각조차 하지 않는 역
사에 대해 방어 태세를 취한다.("우리는 오늘날 그 자체로서의 역
사에 대립됨으로써만 역사에 맞설 수 있다."라고 곰브로비치는 썼다.)

폴란드 사람은 에스파냐 사람만큼 수가 많지만 에스파냐
는 결코 그 존재가 위협당한 적 없는 오래된 권력이라면, 역
사는 폴란드인에게 '존재하지 않는다'는 것이 무엇을 의미하
는가를 가르쳐 주었다. 나라를 빼앗긴 그들은 한 세기도 넘
게 죽음의 협곡에서 살았다. "폴란드는 아직 망하지 않았네."
는 폴란드 국가의 비장한 첫 소절이다. 약 오십 년 전에 비톨
트 곰브로비치는 체슬라브 밀로즈에게 보내는 편지에서 그
어느 에스파냐 사람도 생각해 내지 못했을 문장을 썼다. "만
일 백 년 후에도 우리 말이 살아 있다면……."

아이슬란드 민요가 영어로 쓰였다고 상상해 보자. 그렇게
되었다면 그 주인공들의 이름은 오늘날 트리스탄이나 돈키
호테만큼이나 친숙해졌을 것이다. 연대기와 허구 사이를 오
가는 그 독특한 미학적 성격은 수많은 이론을 자극했을 것이
다. 그것들을 유럽 최초의 소설로 간주할 수 있는지를 놓고
많은 논쟁이 벌어졌을 것이다. 나는 사람들이 그것들을 잊어
버렸다고 말하려는 것이 아니다. 수세기 동안의 무관심 후
에 그것들은 전 세계 대학에서 연구되었다. 그러나 그것들은

'문학의 고고학'에 속하지, 살아 있는 문학에는 영향을 미치지 못했다.

프랑스인들은 국가 이름을 구분하는 데 익숙하지 않기 때문에 나는 종종 카프카를 체코 작가라고 부른다.(실제로 그는 1918년 이후로 체코슬로바키아 시민이었다.) 물론 이는 난센스다. 카프카는 독일어로만 글을 썼으며, 자기 자신을 분명하게 독일 작가로 간주했음을 기억해야만 한다. 그러나 그가 체코어로 자신의 책들을 썼다고 잠시 상상해 보자. 오늘날 누가 그를 인정하겠는가? 카프카에게 세계적인 의식을 불어넣기 전에 막스 브로트는 무려 이십 년 동안, 그리고 가장 위대한 독일 작가들의 도움으로 막대한 노력을 했음에 틀림없다! 프라하의 어느 출판업자가 체코인 카프카의 것으로 추정되는 책들을 출간하는 데 성공했다 하더라도, 그와 같은 조국의 누구도(다시 말해서 어떤 체코인도) "우리가 잘 알지 못하는" 머나먼 나라의 말로 쓰인 이 괴상한 텍스트들을 세상에 알리는 데 필요한 권위를 갖지 못했을 것이다. 아니, 만약 그가 체코인이었다면 오늘날 그 누구도 카프카를 알지 못했을 것이다.

곰브로비치의 『페르디두르케』는 1938년 폴란드어로 출간되었다. 프랑스 출판업자가 읽고서 출판을 거절하기까지 곰브로비치는 무려 십오 년을 기다려야 했다. 그리고 프랑스인들이 서점에서 이 책을 발견할 수 있기까지는 수년이 더 걸렸다.

세계 문학

예술 작품의 위치를 정할 수 있는 두 가지 기본적인 콘텍스트가 있다. 그 나라의 역사(이를 작은 콘텍스트라고 부르자.)와 그 예술의 초국가적인 역사.(이를 커다란 콘텍스트라고 부르자.) 우리는 음악을 아주 자연스럽게 커다란 콘텍스트 속에서 고려하는 데 익숙하다. 오를란도 디 라소나 바흐의 모국어가 무엇이었는지를 아는 것은 음악학자에게는 별로 중요하지 않다. 반대로 소설은 모국어에 연결되어 있기 때문에 전 세계 거의 모든 대학에서 오직 작은 콘텍스트 속에서 연구된다. 유럽은 자신의 문학을 역사적인 통일성으로 사유하는 데 성공하지 못했는데, 여러 번 되풀이해서 말하건대 그것이야말로 돌이킬 수 없는 실수다. 왜냐하면 소설의 역사만을 보더라도 스턴은 라블레에게 반응하며, 디드로에게 영감을 준 사람은 스턴이며, 필딩은 끊임없이 세르반테스를 원용하며, 플로베르의 전통은 조이스의 작품에까지 연장되며, 브로흐는 조이스에 대한 성찰을 토대로 자신만의 소설 시학을 정립하며, 가르시아 마르케스에게 전통을 벗어나서 '다르게 쓸' 수 있음을 이해시킨 것은 카프카이기 때문이다.

내가 방금 전에 말한 것을 제일 먼저 표명한 사람이 괴테다. "민족 문학은 오늘날 더 이상 커다란 의미가 없다. 우리는 세계 문학(Die Weltliteratur)의 시대에 접어들었다. 이러한 흐름을 가속화하는 것은 우리 각자의 임무다." 말하자면 이는 괴테의 유언이다. 아직은 배반당한 유언이기는 하지만. 그 어떤 개론서나 선집을 보더라도 보편적인 문학은 항상 민족 문학의 병렬로 제시되어 있기 때문이다. 마치 문학들의 역사인 것처럼! 복수형의 문학들!

그러나 같은 나라 사람들에 의해서 항상 폄하된 라블레는 러시아인 바흐친에 의해 가장 잘 이해되었으며, 도스토옙스키는 프랑스인 지드에 의해서, 입센은 아일랜드인 버나드 쇼에 의해서, 제임스 조이스는 오스트리아인 헤르만 브로흐에 의해서 가장 잘 이해되었다. 위대한 북아메리카인들인 헤밍웨이, 포크너, 더스패서스 세대의 보편적인 중요성은 제일 먼저 프랑스 작가들에 의해 드러났다.(포크너는 1946년 자기 나라에서 부딪치는 몰이해를 한탄하며 "프랑스에서 나는 문학적 움직임의 아버지다."라고 썼다.)

이 몇 가지 예는 규칙에 대한 이상한 예외들이 아니다. 아니, 그것이 바로 규칙이다. 지리적인 후퇴가 관찰자를 지역적인 콘텍스트에서 멀어지게 하며, 소설의 미학적 가치를 드러나게 할 수 있는 유일한 방법인 세계 문학의 커다란 콘텍스트를 파악하게 해 준다. 그 미학적 가치란 소설이 해명할 수 있었던 실존의 알려지지 않았던 양상들이며, 그것이 발견해 낸 형식의 새로움이다.

이는 어떤 소설을 판단하기 위해서는 원래 쓰인 언어를 몰라도 된다는 뜻인가? 물론 그렇다! 지드는 러시아어를 몰랐으며, 버나드 쇼는 노르웨이어를 몰랐고, 사르트르는 더스패서스의 텍스트를 읽지 않았다. 비톨트 곰브로비치와 다닐로 키슈의 책들이 단지 폴란드어와 세르보크로아티아어를 아는 사람들의 판단에만 의존한다면 그 급진적인 미학적 새로움은 결코 발견되지 못했을 것이다.

(그렇다면 외국 문학 교수들은? 작품들을 세계 문학의 콘텍스트에서 연구하는 것이 그들의 아주 당연한 사명 아닌가? 하지만 아무런 희망도 기대할 수 없다. 전문가로서 그들의 능력을 증명하기 위해 그들은 자신들이 가르치는 문학의 국가적인 작은 콘텍스트에 고집스럽게 매달린다. 그들은 그 콘텍스트의 의견과 취향과 편견 들을 채택한다. 아무런 희망도 기대할 수 없다. 예술 작품이 그 고향에 가장 깊숙이 빠져드는 것은 외국 대학에서다.)

작은 국가들의 지방주의

지방주의를 어떻게 정의할 것인가? 자신의 문화를 커다란 콘텍스트에서 고려하지 못하는 것(또는 고려하기를 거부하는 것)으로 정의해 보자. 두 종류의 지방주의가 있다. 커다란 국가들의 지방주의와 작은 국가들의 지방주의. 커다란 국가들은 자신들의 문학만으로도 충분히 풍부해서 다른 나라에서 쓴 것에 대해 별다른 관심을 보이지 않았기 때문에 세계 문학이라는 괴테의 생각에 저항한다. 카지미에시 브란디스는 『파리 일기 1985~1987』에 다음과 같이 썼다. "프랑스 학생이 폴란드 학생보다 세계 문화에 대한 지식에 더 많은 결함이 있으면서도 별로 개의치 않는 것은 자신의 문화가 세계 진보의 거의 모든 양상과 가능성과 단계를 포함하고 있기 때문이다."

작은 국가들은 정반대의 이유로 커다란 콘텍스트에 소극적이다. 그들은 세계 문화를 높이 숭상하지만 그것은 낯선 어떤 것, 그들 머리 위에 있는 하늘같이 멀리 떨어져 있어 닿지 못하는 것으로 나타나며, 그들의 민족 문학과는 별 상관이 없는 이상적 실체로 간주된다. 작은 국가는 자신의 작가에게 그는 오직 자신에만 속해 있다는 확신을 주입했다. 시선을 조국 너머에 고정하는 것, 예술의 초국가적 영토에서 동포들과 합류하는 것은 건방지거나 동포들을 무시하는 것으로 간주된다. 그리고 작은 국가들은 생존이 걸린 상황에 직면해 있는 경우가 많기 때문에 그들의 태도를 도덕적으로 정당화된 것으로 손쉽게 제시한다.

프란츠 카프카는 이에 대해 자신의 『일기』에서 말했다. '커다란' 문학 즉 독일 문학의 관점에서 그는 이디시 문학(유대 문학)과 체코 문학을 관찰한다. 그가 말하길 작은 나라는 자신의 작가들을 존경하는데 그 이유는 "자신을 둘러싼 적대적인 세계에 직면해서" 작가들이 자긍심을 심어 주기 때문이다. 문학은 작은 국가에게 "문학사의 문제라기보다는 민중의 문제"이며, "문학이 국가에 보급되고 정치적 슬로건에 매달려 있게 되는" 것을 용이하게 하는 것은 문학과 민중 사이의 이러한 예외적인 상호 영향이다. 그러고 나서 카프카는 다음과 같은 놀랄 만한 관찰에 도달한다. "커다란 문학에서는 별다른 영향력도 미치지 못해 마치 없어도 될 지하실 같은 것이 여기서는 찬란한 빛 속에서 나타난다. 거기서는 일시적인 집회를 불러일으키는 것이 여기서는 사느냐 죽느냐의 선고를 낳는다."

이 마지막 말들은 내게 (1864년에 작곡된) 스메타나 합창곡의 가사를 떠올리게 한다. "기뻐해, 기뻐해, 게걸스러운 까마귀야. 너를 위해 맛있는 음식을 준비했단다. 조국에 대한 배신자를 마음대로 골라 먹을 수 있어……." 그처럼 위대한 음악가가 어찌 이렇게 잔인한 욕설을 할 수 있었을까? 젊은 날의 과오인가? 이는 변명이 되지 못한다. 그때 그는 마흔 살이었다. 게다가 그 시대에 '조국에 대한 배신자'가 된다는 것은 무엇을 의미했는가? 동포들의 목을 베는 특공대에 가담하는 것인가? 결코 그렇지 않다. 배신자란 프라하를 떠나 빈으로 가서 독일적인 삶에 빠진 체코인이었다. 카프카가 말했듯이 "거기서는 일시적인 집회를 불러일으키는 것이 여기서는 사느냐 죽느냐의 선고를 낳는다."

예술가들에 대한 국가의 독점적인 소유는 한 작품의 모든 의미를 예술가가 자기 나라에서 하는 역할로 환원하는 작은 콘텍스트의 테러리즘으로 나타난다. 나는 20세기 초에 일군의 프랑스 음악가들이 배출되었던 파리의 스콜라 칸토룸에서 행한 뱅상 당디의 작곡 강의 노트 복사본을 펼쳐 본다. 거기에는 스메타나와 드보르자크, 특히 스메타나의 현악 4중주에 관한 문단이 있다. 무슨 말이 적혀 있는가? 다양한 형식으로 여러 번 다시 말해지는 단 하나의 단언만이 존재한다. '대중풍의' 이 음악은 '민속 음악과 무용'에서 영감을 받았다. 그 밖에 다른 것은? 아무것도 없다. 진부함과 오해가 있을 뿐이다. 도처에서 즉 하이든, 쇼팽, 리스트, 브람스에서 민중가요의 흔적들이 발견되기 때문에 진부함이 있으며, 스

메타나의 4중주 두 개는 비극의 영향으로 작곡된 매우 내면
적인 음악적 고백이기 때문에 오해가 있다고 할 수 있다. 스
메타나는 청각을 잃었고 그의 (뛰어난!) 4중주곡들은 그의 말
을 빌리면 "귀머거리가 된 사람의 머리에 음악이 소용돌이
치는 것"이다. 어떻게 뱅상 댕디가 이 점에서 틀릴 수 있었을
까? 아마도 이 음악을 듣지 않은 상태에서, 그것에 대해 사
람들이 말했던 것을 그대로 따라 했을 가능성이 높다. 그의
판단은 이 두 작곡가에 대해 체코 사회가 지니는 생각에 전
적으로 부합된다. 그들의 영광을 정치적으로 이용하기 위하
여("둘러싸고 있는 사회에 맞서" 자신의 자존심을 보여 주기 위하여)
체코 사회는 그들의 음악에서 발견된 민요의 조각들을 모아
서 그것들로 국기를 만들어 그들 작품 위로 게양했던 것이
다. 세상 사람들은 단지 제시된 해석을 예의 바르게(혹은 악
의적으로) 받아들였을 뿐이다.

커다란 국가들의 지방주의

그렇다면 커다란 국가들의 지방주의는? 여기서도 정의는 똑같다. 자신의 문화를 커다란 콘텍스트에서 고려하지 못하는 것.(또는 고려하기를 거부하는 것.) 지금으로부터 몇 년 전인 지난 세기가 끝나기 전에, 파리의 한 기자가 당시 일종의 지적 기관에서 활동하는 인사들, 즉 언론인, 역사가, 사회학자, 출판인 그리고 작가 서른 명을 대상으로 설문 조사를 한 적이 있다. 각자는 프랑스 역사상 가장 중요한 책 열 권을 중요한 순서대로 인용해야 했다. 열 권씩 전부 서른 개의 목록에서 선정작 백 권이 추려졌다. 제시된 질문이("프랑스를 만든 책들은 무엇입니까?") 여러 해석을 낳을 수 있었는데도, 결과는 오늘날 프랑스의 엘리트 지식인들이 자기 나라 문학에서 중요하게 생각하는 것이 무엇인가를 매우 정확하게 보여 준다.

이 경쟁의 최종 승리자는 빅토르 위고의 『레 미제라블』이었다. 외국 작가들은 이 결과에 놀랄 것이다. 이 책이 개인적으로나 문학의 역사에서나 결코 중요하다고 생각해 본 적이 없었던 그들은 그들이 좋아하는 프랑스 문학이 프랑스 사람이 좋아하는 프랑스 문학과는 다르다는 사실을 대번에 알아차릴 것이다. 11위를 차지한 것은 드골의 『전쟁 회고록』이었다. 국가 원수나 군인의 작품에 그러한 가치를 부여한다는 것은 프랑스 밖에서는 쉽게 일어날 수 없는 일이다. 그러나 당황스러운 것은 그 점이 아니라 가장 위대한 작품들이 순위에서 매우 뒤처졌다는 사실이다! 라블레는 14위를 차지했을 뿐이다! 드골 다음에 라블레라니! 그런데 나는 예컨대 이탈리아인에게 단테나, 영국인에게 셰익스피어 같은 문학의 창시자가 자기 나라 문학에는 없다고 선언한 어느 유명한 프랑스 문학 교수의 책을 읽고 있다. 그렇다, 그들이 보기에 라블레에게는 창시자의 아우라가 없는 것이다! 그러나 우리 시대의 거의 모든 위대한 소설가들이 보기에 라블레는 세르반테스와 함께 소설 예술의 창시자다.

그렇다면 프랑스의 영광인 18세기, 19세기 소설의 경우는? 『적과 흑』은 22위, 『보바리 부인』은 25위, 『제르미날』은 32위, 『인간극』은 단지 34위(이게 가능한 일인가? 이 작품이 없다면 유럽 문학은 생각조차 할 수 없는데!), 『위험한 관계』는 50위, 『부바르와 페퀴셰』는 마치 숨을 헐떡거리는 불쌍한 사람들처럼 마지막 순위를 향해 달린다. 순위에 들어가지도 못한 걸작 소설들도 있다. 『파르마의 수도원』, 『감정 교육』, 『운명론자 자크와 그의 주인』(이 소설의 비길 데 없는 독창성이 평가되는 것은 오직 세계 문학의 커다란 콘텍스트 속에서일 뿐이다).

그리고 20세기는? 『잃어버린 시간을 찾아서』는 7위, 카뮈의 『이방인』은 22위. 그러고는 거의 없다. 현대 문학이라고 불리는 것은 거의 없고 현대 시는 아예 없다. 마치 현대 예술에 프랑스가 끼친 막대한 영향이 일어나지 않았던 것처럼 말이다! 예를 들자면 마치 (선정작에서는 빠진!) 아폴리네르가 유럽 시의 한 시대에 영감을 불러일으키지 않았던 것처럼 말이다!

더 놀라운 것이 있다. 베케트와 이오네스코가 빠졌다. 지난 세기 그들보다 더 광휘를 가진 강력한 극작가가 얼마나 있었던가? 하나 혹은 둘. 그 이상은 아니다. 추억 하나. 체코슬로바키아에서 문화적 삶의 해방은 1960년대 초에 생겨난 소극장에 연결되어 있었다. 내가 이오네스코의 연극을 처음 본 것도 거기였으며, 상상력의 폭발, 불손한 정신의 분출은 잊히지 않는다. 프라하의 봄은 1968년에 앞서 팔 년 전, 난간 위에 세워진 소극장에서 연출된 이오네스코의 작품들과 더불어 시작되었다고 나는 말하곤 한다.

내가 인용한 선정작들은 지방주의가 아니라 미학적인 기준들이 점점 더 중요성을 지니지 못하는 최근의 지적 동향을 반영한다고 반박할지도 모른다. 『레 미제라블』에 표를 던진 사람들은 소설의 역사에서 이 책의 중요성에 대해 생각한 것이 아니라 프랑스에서의 커다란 사회적 반향을 생각한 것이었다. 이는 분명하지만, 미학적 가치에 대한 무관심은 결국 모든 문화를 지방주의에 떼밀어 버린다는 사실을 증명할 뿐이다. 프랑스는 단지 프랑스인들이 사는 나라일 뿐만 아니라 다른 나라 사람들이 바라보고 영감을 받는 나라이기도 하다. 그리고 외국인이 자기 나라 밖에서 생겨난 책들을 평가하는 것은 가치들(미학적, 철학적)에 의거해서다. 다시 한 번 규칙이 확인된다. 이러한 가치들은 비록 커다란 국가의 오만한 콘텍스트일지언정 작은 콘텍스트의 관점에서는 잘 지각되지 않는다.

동유럽 사람

1970년대에 나는 내 나라를 떠나 프랑스로 갔는데, 거기서 내가 '동유럽 망명자'라는 사실을 알고 깜짝 놀랐다. 실제로 프랑스인에게 내 나라는 동방국에 속했다. 나는 여기저기서 우리가 처한 정말로 치욕스러운 상황에 대해 서둘러 다음과 같이 설명했다. 국가의 주권을 박탈당한 우리는 다른 나라에 합병되어 있을 뿐만 아니라 다른 세계, 즉 비잔틴 제국의 오랜 과거에 뿌리를 내린 채, 자신의 고유한 건축적 면모, 고유한 종교(동방정교), 고유한 문자(그리스 문자에서 유래한 키릴 자모) 그리고 고유한 공산주의(러시아의 지배가 없었다면 중앙 유럽의 공산주의가 어떻게 되었을까에 관해서는 그 누구도 알지 못하지만, 어쨌든 우리가 겪은 공산주의와는 달랐을 것이다.)를 갖고 있는 자신만의 고유한 역사적 틀을 지닌 동유럽에 합병되어 있다.

조금씩 나는 "우리가 잘 알지 못하는 먼 나라" 출신임을 깨닫게 되었다. 내 주위 사람들은 정치에 커다란 중요성을 부여했지만 지리에 관한 지식은 보잘것없었다. 그들은 우리가 '합병'된 것이 아니라 '공산화'된 것으로 보았다. 게다가 체코인은 러시아인과 마찬가지로 오래전부터 '슬라브 세계'에 속해 있지 않았던가? 나는 슬라브 국가의 언어적 통일성은 존재하지만, 그 어떤 슬라브 문화나 슬라브 세계는 존재하지 않는다고 설명했다. 체코인의 역사는 폴란드인, 슬로바키아인, 크로아티아인, 슬로베니아인(그리고 절대 슬라브인은 아니지만 헝가리인도 마찬가지다.)의 역사와 마찬가지로 순전히 서구적이다. 고딕, 르네상스, 바로크, 게르만 세계와의 긴밀한 접촉, 종교 개혁에 대항한 가톨릭주의의 투쟁. 마치 다른 세계처럼 멀리 떨어진 러시아와는 아무 관련이 없다. 폴란드인만이 지리적으로 인접 지역에 살았지만, 이는 생사를 건 전투와 흡사했다.

그러나 아무리 노력해 본들 헛수고일 뿐이다. '슬라브 세계'는 세계 지리의 근절될 수 없는 상투어로 남아 있기 때문이다. 나는 그 위엄 있는 플레이아드 판『세계사』를 펼쳐 본다. '슬라브 세계'라는 장을 보면, 체코의 위대한 신학자 얀 후스는 영국의 신학자 위클리프(그의 스승이었다.)와 독일의 신학자 루터(그를 선구자이자 스승으로 생각했다.)와 완전히 결별하고서 콘스탄츠에서 화형당한 후 한마디도 의사를 교환할 생각이 없었던 악마 이반과 함께 불길한 비도덕성을 비난받아야 했다.

개인적인 경험에서 나온 논거만 한 것이 없다. 1970년대

말경, 나는 저명한 슬라브 학자가 내 소설을 위해 쓴 서문의 원고를 받았는데, 거기에서 나는 도스토옙스키, 고골, 부닌, 파스테르나크, 만델스탐 그리고 러시아의 반대자들과 끊임없이 비교되었다.(물론 그 당시에는 아무도 나에게 악의를 품고 있지 않았기 때문에 듣기 좋으라는 비교였다.) 당황한 나는 그 출판을 막았다. 이 위대한 러시아 작가들에게 반감이 있어서가 아니다. 정반대로 나는 그들을 찬미했지만 그들과 비교되면서 나는 다른 사람이 되어 버렸기 때문이다. 나는 이 텍스트가 내게 불러일으킨 이상한 고통을 늘 기억한다. 나와는 전혀 다른 콘텍스트 속으로 옮겨지는 것을 나는 강제 이주처럼 느꼈던 것이다.

중앙 유럽

세계적인 커다란 콘텍스트와 국가적인 작은 콘텍스트 사이에서 중간 단계인 매개적 콘텍스트를 생각해 볼 수 있다. 스웨덴과 세계 사이에서 이 중간 단계는 스칸디나비아다. 콜롬비아에는 라틴아메리카다. 그렇다면 헝가리나 폴란드에는? 나는 프랑스로 이주해 왔을 때 이 질문에 대답하려고 했는데, 그 당시에 내가 쓴 텍스트들 가운데 하나의 제목이 이를 잘 요약해 준다. 『납치된 서유럽 혹은 중앙 유럽의 비극』.

중앙 유럽(L'Europe centrale), 그러나 그것은 무엇인가? 러시아와 독일이라는 강대국 사이에 위치한 작은 국가들의 집합. 서구의 동양적 변방. 좋다, 그러나 구체적으로 어떤 국가들인가? 발트 삼국도 해당되는가? 동방정교로 봐서는 동유럽에 가깝고 언어로 봐서는 서구에 가까운 루마니아는? 오스트리아 작가들은 오직 독일의 콘텍스트에서만 연구되며,

중앙 유럽이라는 이 다언어적 집단으로 돌려보내진다면 결코 달가워하지 않을 것이다.(나 또한 마찬가지일 것이다.) 이 모든 국가가 공통의 전체를 만들고자 하는 명확하고 항구적인 의지를 표명했던가? 결코 아니다. 몇 세기 동안 이들 국가 대부분은 합스부르크 제국이라는 거대한 국가에 속했으며, 그로부터 벗어나기만 꿈꾸었다.

이 모든 지적은 중앙 유럽이라는 개념의 중요성을 약화하고, 그 모호하고 개략적인 성격을 드러내 주는 동시에 그것을 명확하게 한다. 중앙 유럽의 경계를 지속적이고도 정확하게 그릴 수 없다는 것은 사실인가? 물론이다. 이 국가들은 한 번도 자신의 운명이나 국경의 주인인 적이 없었다. 역사의 주체인 적은 거의 없었으며 언제나 그 객체였다. 그 통일성은 비의도적이었다. 이 국가들은 의지적으로나 동정심 때문에 혹은 언어적 유사성 때문에 인접해 있는 것이 아니다. 유사한 경험, 서로 다른 시기, 다른 지형에 비해 변동적이어서 결코 확정적이지 않은 국경들에서도 서로를 결집해 주는 공동의 역사적 상황 때문에 인접해 있는 것이다.

빈의 창을 통해서만 아는 사람들이 심지어 비(非)게르만 언어로 부르기 좋아하는 것과 달리, 중앙 유럽은 Mitteleuropa(미텔오이로파)로 환원될 수 없다.(나는 결코 이 말을 사용하지 않는다.) 그것은 다중심적이며 언젠가는 바르샤바나 부다페스트 혹은 자그레브에서 바라본 모습으로 나타날 것이다. 그러나 어떠한 각도에서 바라보건 간에 공통의 역사가 드러난다. 나는 체코의 창에서 프라하에 세워진 중앙 유럽 최초의 대학을 바라보며, 15세기에 후스파의 혁명이 종교 개혁을 알리는 것을 보며, 16세기에 보헤미아, 헝가리, 오스트리아에서 서서히 합스부르크 제국이 생겨나는 것을 본다. 나는 또한 두 세기 동안 오스만튀르크의 침략에 맞서 서구를 지키게 될 전쟁들을 보며, 심지어는 발트 국가들까지 이 넓은 영토에 건축적인 통일성을 부여했던 바로크 예술의 탄생과 더불어 반종교 개혁을 본다.

19세기에는 이 모든 민족들에서 조국애가 분출되면서 동화되는 것, 다시 말해서 게르만화되는 것을 거부하게 된다. 심지어는 오스트리아인조차 제국에서의 지배적 위치에도 불구하고 오스트리아의 정체성과 위대한 독일적 전체로의 귀속 사이의 선택에서 벗어날 수 없었다. 마찬가지로 중앙 유럽에서 동일한 거부와 자신들의 고유한 언어를 지닌 국가로서 살아가겠다는 유대인들의 의지에서 태어난 시오니즘을 어떻게 언급하지 않을 수 있겠는가! 유럽의 근본적 문제점 가운데 하나이자 작은 국가들의 문제가 중앙 유럽에서만큼 계시적이고 집중적이며 전범적으로 드러난 경우도 없다.

20세기에 1차 세계대전이 끝난 후 합스부르크 제국의 잔해 위에서 독립 국가 몇 개가 생겨났으며 이들 모두는 오스트리아를 제외하고는 삼십 년 후에 러시아의 지배에 들어가게 된다. 이상이 바로 중앙 유럽의 전 역사에서 완전히 새로운 상황이다! 그 결과 폴란드와 헝가리에서 반소비에트 유혈 폭동이 일어나고, 그다음에는 체코에서, 그리고 폴란드에서는 길고도 강력하게 일어났다. 나는 20세기 후반 유럽에

서 사십 년 동안 동유럽 제국을 약화했으며 그 지배에 조종
(弔鐘)을 울렸던 이 일련의 반항들만큼 놀라운 것을 알지 못
한다.

모더니스트적 반항의 상반된 길들

나는 대학에서 중앙 유럽의 역사를 별도의 과목으로 가르칠 수 있을 거라고 생각하지 않는다. 저세상의 공동 침대에서 얀 후스는 악마 이반과 같은 숨을 내쉴 것이다. 만일 내가 조국의 정치적 비극에 충격을 받지 않았더라면 나 자신도 중앙 유럽이라는 개념을 그토록 고집스럽게 사용했을까? 결코 그렇지 않다. 안개 속에 잠들어 있다가 때가 되면 일어나 우리를 도와주러 오는 단어들이 있다. 중앙 유럽이라는 개념은 그 단순한 정의로 인하여, 유럽의 동서 사이를 수천 년간 이어 온 국경을 서쪽으로 몇백 킬로미터 이동시킨, 세 승전국 사이의 야합인 얄타 회담의 위선을 벗겨 주었다.

중앙 유럽의 개념이 다시 한 번 나를 도와주었는데, 이번에는 정치와는 아무런 상관이 없는 이유들 때문이었다. 이는 '소설', '현대 예술', '현대 소설'이라는 말들이 내게는 프랑스 친구들에게 지니는 것과 다른 의미를 지닌다는 사실에 내가 놀라기 시작했을 때 생겨났다. 이는 불일치가 아니라 아주 겸손하게 말해서 우리를 형성한 두 전통 사이의 차이를 확인한 것이다. 짧은 역사적 파노라마 속에서 우리 두 문화는 거의 대칭적인 대조로 내 앞에 나타났다. 프랑스에서는 고전주의, 합리주의, 자유사상, 그리고 19세기의 위대한 소설의 시대. 중앙 유럽에서는 특히 황홀경적인 바로크 예술의 득세, 19세기 비더마이어 양식의 교훈적 목가주의, 그리고 극소수의 위대한 소설들. 중앙 유럽의 비할 데 없는 힘은 하이든에서 쇤베르크까지, 리스트에서 버르토크까지 그것만으로도 두 세기 동안 유럽 음악의 모든 본질적인 경향을 포괄했던 그 음악에 있다. 중앙 유럽은 그 음악의 무게 때문에 휘청거렸다.

　20세기 첫 삼십 년간의 이 매혹적인 대격동인 '현대 예술'은 무엇이었는가? 과거의 미학에 대한 급진적 반항. 이는 과거의 모습들이 같지 않았다는 점을 제외하면 분명한 사실이다. 반합리주의적, 반고전주의적, 반사실주의적, 반자연주의적인 프랑스 현대 예술은 보들레르와 랭보의 위대한 서정적 반항의 연장선상에 있었다. 그것은 우선적인 표현을 회화와 무엇보다도, 선택된 예술인 시에서 찾았다. 반대로 소설은 파문당했으며 (특히 초현실주의자들에 의해) 시효가 소멸되고, 관습적 형식에 굳건히 갇힌 것으로 간주됐다. 중앙 유럽에서는 상황이 달랐다. 황홀경적, 낭만적, 감상적, 음악적 전통에 대한 반대는 가장 독창적인 몇몇 천재들의 모더니즘을 분석과 명석함과 아이러니의 탁월한 영역인 예술, 즉 소설로 이끌었다.

내 위대한 플레이아드

로베르트 무질의 『특성 없는 남자』(1930~1941)에서 클라리세와 발터는 "나란히 질주하는 두 대의 기관차처럼" 네 손으로 피아노를 연주했다. "조그만 자리에 앉은 그들은 흥분하지도, 사랑에 빠지지도, 그 어떤 것에 슬퍼하지도 않았으며" 오직 "음악의 명령만이 그들을 연결해 주었다. (……) 전에는 서로 아무 상관 없던 사람들이 커다란 공포에 휩싸여 같은 동작을 하고 똑같이 소리를 지르고, 눈과 입을 모두 크게 벌리듯이, 두 사람은 하나가 되었다." 그들은 "이 소란스러운 격동과 내적 존재의 정서적 움직임, 다시 말해 음울하게 요동하는 영혼의 육체적 침전물을 인간들이 서로 연결될 수 있는 영원성의 언어로 간주했다."

이 아이러니한 시선은 단지 음악에만 머무는 것이 아니라 더 깊은 곳으로 내려가 음악의 서정적 본질, 축제뿐만 아니라 학살도 만들어 내며 개인을 황홀경에 빠진 무리로 변형시키는 이 매혹을 향해 있다. 무질은 이러한 반서정적 노여움을 통하여 내게 프란츠 카프카를 떠올리게 한다. 카프카는 그의 소설들에서 모든 정서적 몸짓을 혐오했으며(바로 이 점 때문에 그는 독일 표현주의자들과 구분된다.) 자신이 말했듯이『아메리카(실종자)』를 "감정들이 넘쳐나는 문체"와는 대립적으로 썼다. 이런 이유로 카프카는 내게 헤르만 브로흐를 떠올리게 하는데, 그는 '오페라의 정신', 특히 키치의 모델로 간주하는 바그너(보들레르나 프루스트가 그토록 감탄했던 그 바그너)의 오페라를 견디어 내지 못했다. 이 때문에 브로흐는 내게 비톨트 곰브로비치를 떠올리게 하는데, 그는『시인들에 대해 반대함』이라는 유명한 텍스트에서 서구 모더니즘의 건드릴 수 없는 여신으로서 시뿐만 아니라 폴란드 문학의 뿌리 깊은 낭만주의에 반발했다.

카프카, 무질, 브로흐, 곰브로비치…… 그들은 그룹이나 학파 또는 유파를 형성했는가? 아니다. 그들은 은자였다. 나는 여러 번 그들을 '중앙 유럽의 위대한 소설가들의 플레이아드'라고 부른 바 있으며, 실제로 그들 각자는 황소자리의 별들처럼 다른 별에서 멀리 떨어져 공허로 둘러싸여 있었다. 그들의 작품이 유사한 미학적 지향을 지니는 만큼 이 점은 내게 두드러져 보였다. 그들 모두는 소설의 시인들, 다시 말해서 형식과 새로움에 매혹되었으며, 각 단어와 문장의 밀도에 세심하게 신경을 썼고, '사실주의'의 경계를 뛰어넘으려는 상상력에 매혹되었다. 하지만 그들은 동시에 그 어떤 서정적 유혹에도 무감각했고, 소설이 개인적 고백으로 변형되는 것에 적대적이었으며, 산문의 그 어떤 장식도 참아 내지 못했고 현실 세계에 전적으로 몰두해 있었다. 그들 모두는 소설을 위대한 반(反)서정적 시로 간주했다.

키치와 저속성

'키치'라는 말은 19세기 중반 뮌헨에서 생겨났으며, 위대한 소설의 세기의 저질스러운 실추를 가리킨다. 그러나 낭만주의와 키치의 관계를 양적으로 반비례한다고 보았던 헤르만 브로흐의 견해가 진실에 더 가깝다. 그에 따르면 19세기의 지배적 양식(독일과 중앙 유럽에서)이 키치였으며 거기서 예외적인 현상들로서 몇몇 위대한 소설 작품들이 떨어져 나왔다는 것이다. 오랜 세월 동안 키치의 지배(오페라 테너 가수들의 지배)를 겪은 사람들은 현실에 던져진 장밋빛 베일이나 끊임없이 감동에 사로잡히는 마음의 추잡한 폭로, "그 위에 향수를 뿌렸을 것 같은 빵"(무질)에 대해 아주 유별난 분노를 느낀다. 오래전부터 키치는 중앙 유럽에서는 매우 분명한 개념이 되었으며, 최고의 미학적 해악을 나타내고 있다.

나는 프랑스 모더니스트들이 감상주의의 유혹에 굴복했

다고 의심하지는 않지만, 그들에게는 키치에 관한 오랜 성찰이 부족했기 때문에 키치에 대한 극도로 예민한 반감이 생겨나거나 발전할 기회가 없었다. 이 말이 프랑스에서 처음으로 사용된 것은 1960년, 그러니까 독일에서 이 말이 생겨난 지백 년 후이다. 1966년 브로흐 에세이들의 번역자와 1974년 한나 아렌트 텍스트들의 번역자는 '키치'를 '싸구려 상품술'로 옮겨 버림으로써 저자들의 성찰을 이해할 수 없게 했다.

나는 스탕달의 『뤼시앵 뢰뱅』에 나오는 살롱에서의 사교계 대화 장면을 다시 읽어 본다. 나는 참석자들의 서로 다른 태도를 포착하는 키워드들에 주의를 기울인다. 허영, 천박함, 재치,("모든 것을 부식시키는 이 황산") 우스꽝스러움, 예의,("한없이 예의 바르지만 감정은 메마른") 보수주의. 그리고 나는 자문해 본다. 내게 키치라는 말이 그렇듯이, 이 가운데서 극도의 미학적 비난을 나타내는 말은 무엇인가? 결국 나는 그 말이 '천박한', '천박함'이라는 것을 발견한다. "뒤 푸아리에 씨는 극도로 천박한 존재였으며 자신의 저속하고 상투적인 방식을 자랑스럽게 여기는 듯했다. 이렇듯 이 추잡한 사람은 관객이 보기에 엄청나게 기분좋게 진창에 빠져서……."

천박함에 대한 경멸은 오늘날의 살롱뿐만 아니라 예전의 살롱에도 존재했다. 어원을 상기해 보자. '천박한'이라는 말은 민중, 사람을 뜻하는 라틴어 vulgus에서 유래하는데, 민중의 환심을 사는 사람은 '천박한' 것이다. 인간의 권리를 위해 싸우는 좌파 인사나 투사는 민중을 사랑할 수밖에 없다. 그러나 그가 천박하다고 생각하는 부분에서만큼은 얼마든지 민중을 도도하게 경멸할 수 있다.

사르트르의 맹렬한 정치적 비난 이후에, 그리고 그에게 질투와 증오를 가져다준 노벨상 수상 이후에 알베르 카뮈는 파리의 지식인들과 사이가 매우 나빠졌다. 설상가상으로 그에게 피해를 준 것은 그의 인격에 결부되었던 천박함의 표시들이었다는 이야기가 들려온다. 가난한 태생, 문맹이었던 엄마, 다른 알제리 출신 프랑스인들과만 어울리는 알제리 출신 프랑스인이라는 조건, ‘매우 평범한(매우 ‘천박한’) 삶의 태도’를 지닌 사람, 그의 에세이들이 보여 주는 철학적 딜레탕티슴 등이 그러한 표지들이다. 이러한 집단 폭행이 일어났던 기사들을 읽으면서 나는 다음과 같은 단어들에 주목한다. 카뮈는 “어색한 농부, (……) 손에 장갑을 끼고 머리에 모자를 쓴 채 살롱에 처음 들어온 촌놈이다. 다른 손님들은 누군지 알아차리고 등을 돌렸다.” 은유는 웅변적이다. 그는 무엇을 사유해야 하는가를 알지 못했으며(그는 진보에 대해서는 거의 말하지 않은 채 알제리 출신 프랑스인들과만 어울렸다.) 더욱 심각한 것은 살롱에서 처신을 잘못했다(고유한 의미건 비유적 의미건)는 점이다. 요컨대 그는 천박했다.

프랑스에서 이보다 가혹한 미학적 비난은 없다. 가끔은 정당화되기도 하지만, 최고의 문인인 라블레를 강타한 비난. 그리고 플로베르도. 바르비 도르빌리는 “『감정 교육』은 무엇보다도 천박하다. 우리가 보기에 이 세상에는 이 역겨운 천박함을 엄청나게 증가시킬 정도는 아니지만 천박한 영혼과 천박한 정신, 천박한 것들이 제법 있다.”라고 썼다.

나는 프랑스로 이주해 왔던 처음 몇 주를 떠올린다. 스탈 린주의가 이미 모두에게 비난받았기 때문에 모든 사람은 러 시아가 내 조국에 가져온 비극을 이해하려는 각오가 되었으 며 나를 존경할 만한 슬픔의 아우라로 둘러싸여 있다고 보았 다. 나는 나를 지원해 주고 도와주었던 파리의 지식인과 바 에 마주하고 앉아 있었던 일을 떠올린다. 파리에서의 이 첫 만남에서는 박해, 포로 수용소, 자유, 조국으로부터의 추방, 용기, 저항, 전체주의, 경찰에 대한 공포와 같은 거창한 말들 이 떠돌아다녔다. 이 엄숙한 유령들의 키치를 쫓아 버리기 위해 나는, 미행당하고 있으며 아파트에도 경찰의 도청 장치 가 설치되어 있어서 속임수를 배울 수밖에 없었노라고 설명 하기 시작했다. 내 친구 중 하나와 나는 서로 아파트와 이름 을 바꾸었고, 엄청난 난봉꾼인 내 친구는 마이크 따위는 전 혀 신경 쓰지 않고 내 아파트에서 그의 거창한 사업을 수행 했다. 모든 연애담의 가장 어려운 순간이 이별이라면, 내가 파리로 이주한 것은 그 친구에게 결정적인 도움이 되었다. 어느 날 숙녀들과 부인들은 내 아파트가 명패도 없이 닫혀 있는 것을 발견했는데, 그 시간에 나는 파리에서 내가 본 적 도 없는 일곱 여인들에게 작별을 고하는 내 서명이 담긴 편 지를 받아 보고 있었다.

나는 내게 소중했던 사람을 즐겁게 해 주고 싶었지만 그 는 안색이 어두워지더니 급기야는 단두대의 날처럼 차갑게 "제겐 전혀 재미있지 않군요."라고 말했다.

우리는 서로 좋아하지는 않았지만 친구로 남아 있었다.

우리의 첫 만남에 대한 기억은 내게는 오랫동안 숨겨 온 우리의 오해를 이해할 수 있는 열쇠가 되었다. 우리를 갈라놓았던 것은 두 가지 미학적 태도의 충돌이었다. 키치를 유난히 참지 못한 사람이 천박함을 유난히 참지 못하는 사람과 부딪혔던 것이다.

반현대적인 모더니즘

"절대적으로 현대적이어야 한다."라고 아르튀르 랭보는 썼다. 약 육십 년 후에 곰브로비치는 정말로 그래야 하는지 확신하지 못했다. 『페르디두르케』(1938년 폴란드에서 쓰였다.)에서 므워드지아코프 가족은 "현대적인 여고생" 딸이 골칫거리였다. 그녀는 전화통을 붙들고 있고, 고전 작가들을 무시하며, 방문한 손님을 "쳐다보기만 하고, 오른손에 들고 있던 드라이버로 잇새를 쑤시며 아주 버릇없게 손님에게 왼손을 내민다."

그의 엄마도 현대적이다. 그녀는 "신생아 보호 위원회" 회원이며, 사형 제도 폐지와 풍속의 자유를 위해 싸운다. "고집스럽게 그리고 버릇없게 화장실로 가서 마치 거기에 들어가지 않았던 것처럼 하면서 나온다." 나이가 들어 감에 따라 현대성은 그녀에게 유일한 '젊음의 대체물'로서 꼭 필요하다.

그리고 아빠는? 그 또한 현대적이다. 그는 아무 생각도 없지만 딸과 아내의 환심을 사기 위해서라면 뭐든지 한다.

곰브로비치는 『페르디두르케』에서 20세기에 일어난 근본적 전환을 포착했다. 그때까지 인류는 두 가지 부류, 즉 현상을 유지하려는 자와 그것을 바꾸려는 자로 양분되었다. 그런데 역사의 가속화는 그 중대한 결과들을 가져다주었다. 예전에는 매우 천천히 바뀌는 사회의 동일한 환경 속에서 살았지만, 갑자기 굴러가는 양탄자처럼 역사가 발밑에서 움직이는 것을 느끼는 순간이 온 것이다. 현상이 움직이게 된 것이다! 갑자기 현상과 일치함은 움직이는 역사와 일치함과 같은 것이 되었다. 결국 사람들은 진보적이면서도 순응적이며, 보수적이면서도 반항적일 수 있게 되었다!

사르트르와 동시대인들에게 보수적이라고 공격받은 카뮈는 "역사 쪽으로 의자를 놓은" 사람들에게 유명한 재치 있는 응답으로 응수했다. 카뮈는 정확하게 보았지만 이 소중한 의자에 바퀴가 달렸으며 언제부터인가 모든 사람, 즉 사형 제도 폐지를 위한 투쟁자나 신생아 보호 위원회의 모든 위원은 물론이고 현대적인 여고생들, 그 엄마들, 아빠들까지도 이 의자를 앞으로 밀고 있다는 사실을 몰랐을 뿐이다. 여기에는 물론 현대적이라는 것을 기뻐하는 자만이 정말로 현대적이라는 사실을 잘 알면서 그들 뒤에 달려오는 대중을 향해 웃는 얼굴을 돌리면서 달리는 모든 정치인도 포함되어 있다.

바로 그때 랭보의 후계자 가운데 일부는 다음과 같은 놀

라운 사실을 이해하게 되었다. 오늘날 모더니즘이라는 이름
에 합당한 유일한 모더니즘은 반현대적 모더니즘이다.

3부   사물의 핵심에 도달하기

사물의 핵심에 도달하기

생트뵈브는 『마담 보바리』에 대한 비판에서 "그의 책에 대한 내 비난은 선(善)이 너무나도 없다는 점이다."라고 썼다. 그는 왜 이 소설에는 "위로해 줄 수 있고, 훌륭한 장면으로 독자를 쉬게 할 수 있는 인물이 단 한 명도 없느냐."라고 묻는다. 그다음 그는 젊은 저자에게 따라야 할 길을 제시한다. "나는 프랑스 중부 지방에 사는, 총명하고 정열적인 젊은 여인을 안다. 어머니를 여의고 결혼했으나 기르고 사랑해야 할 자식이 없는 그녀가 총명하고 재치 있는 머리를 사로잡기 위해 무엇을 했는가? (……) 그녀는 적극적인 선행을 하기 시작했다. (……) 대부분 멀리 떨어져 있는 마을들의 어린아이들에게 읽는 법과 도덕적 교양을 가르쳐 주었다. (……) 시골과 지방에는 이런 사람들이 있다. 왜 그런 사람들을 보여 주지 않는가? 이는 활기를 불러일으키고, 위안을 주며 그로 인해 인류의 전망은 더 완전해진다.”(나는 핵심어들만 강조했다.)

　나는 이전의 ‘사회주의 리얼리즘’의 교육적 훈계를 떠올리게 하는 이 윤리 수업을 약간 비꼬고 싶은 마음이 든다. 그러나 그가 떠올린 기억들이야 별도로 치더라도, 당대의 가장 저명한 프랑스 비평가가 우리 모두가 그러듯 약간의 동정과 격려를 받을 만한 그의 독자들에게 ‘훌륭한 장면으로’ ‘활기를 불러일으키고’, ‘위안을 주’라고 젊은 작가를 훈계한 것은 얼마나 무례한가? 게다가 조르주 상드는 이십 년 후에 어느 편지에서 거의 같은 말을 했다. 왜 그는 인물들에 대해 느끼는 ‘감정’을 숨기는가? 왜 그는 소설에서 자신의 ‘개인적 이론’을 드러내지 않는가? 상드 자신은 독자에게 위안을 주려는 반면 그는 왜 독자에게 ‘고뇌’를 안겨 주는가? 친절하게 그녀는 그에게 훈계한다. “예술은 단지 비평이나 풍자만은 아니다.”

　플로베르는 그녀에게 자신은 결코 비판을 하거나 풍자를 하고자 한 적이 없었노라고 답장한다. 자신은 독자에게 자신의 판단을 전달하기 위하여 소설을 쓰는 게 아니라는 것이다. 그는 그와는 전혀 다른 것에 유념했다. “나는 항상 사물들의 핵심에 도달하고자 했다…….” 그의 대답은 다음과 같은 사실을 명확하게 보여 준다. 이러한 오해의 진정한 동기는 플로베르의 성격(그는 선한가 악한가, 냉정한가 동정적인가?)이 아니라 소설이란 무엇인가의 문제다.

　수세기 동안 회화와 음악은 교회에 봉사했지만 그 아름다움은 결코 훼손되지 않았다. 그러나 소설이 아무리 고귀한 권위라 하더라도 권위에 복종하게 하는 것은 진정한 소설가에게는 불가능한 일이다. 소설로 국가나 군대를 영예롭게 한다는 것은 얼마나 비상식적인 일인가? 그러나 1945년에 조국을 해방한 사람들에 의해 저주받은 블라디미르 홀란은 소비에트 붉은 군대에 바치는, 오래도록 기억될 아름다운 시들을 썼다. 나는 아이들에게 둘러싸인 채 ‘도덕적 교양’을 가르치는 시골의 ‘활달한 선행자’를 보여 주는 프란스 할스의 그림은 상상할 수 있어도, 아주 바보 같은 소설가가 아니라면 자기 독자들의 정신을 고무하기 위해 이 아름다운 부인을 소설 주인공으로 삼지는 않을 것이다. 왜냐하면 다음과 같은 사실을 잊지 말아야 하기 때문이다. 예술은 모두 같지 않다. 그것들 각각이 세계에 도달하는 것은 서로 다른 문을 통해서다. 이 문 가운데 하나는 전적으로 소설의 몫이다.

나는 ‘전적으로’라고 말했는데, 이는 소설이 내게는 하나의 ‘문학 장르’, 나무의 여러 가지들 가운데 하나가 아니기 때문이다. 소설의 그 고유한 여신을 부정하거나, 소설에서 고유한 독특함이나 독자적인 예술을 보지 못한다면, 소설에서 아무것도 이해하지 못할 것이다. 소설에는 자신만의 기원(소설에만 해당되는 특정 시기에 위치하는)과, 그에 고유한 시기들의 리듬이 있는 자신만의 역사가 있다.(소설에서는 극 문학의 전개에서 매우 중요한 운문에서 산문으로의 이행과 대응되는 것을 찾아볼 수 없다. 이 두 예술의 역사는 동시대적이지 않다.) 소설은 자신만의 도덕을 갖고 있으며(헤르만 브로흐는 이를 다음과 같이 말했다. 소설의 유일한 도덕은 인식이다. 실존의 그때까지 알려지지 않은 어떠한 단면도 발견하지 못하는 소설이 곧 비도덕적이다. 그러므로 '사물들의 핵심에 도달하는 것'과 훌륭한 모범을 보이는 것은 양립할 수 없는 서로 다른 두 의도다.) 작가의 '자아'와 특수한 관계에 있으며('사물의 영혼'이 내는 잘 들리지 않는 은밀한 목소리를 듣기 위해서 소설가는 시인이나 음악가와는 반대로 자기 영혼의 외침을 침묵할 수 있게 해야 한다.) 창조의 지속적 순간을 지니며(소설 쓰기는 작가의 삶에서 한 시기를 차지하고 있어 작업이 끝나면 작가는 시작했을 때와는 완전히 달라진다.) 모국어를 뛰어넘어 세계로 열린다.(유럽 시에서 리듬에 각운이 덧붙었을 때부터 더 이상 한 시구의 아름다움을 다른 언어로 옮길 수 없게 됐다. 반대로 산문에서 작품의 충실한 번역은 힘들기는 하지만 가능하다. 소설 세계에는 국가의 경계가 없다. 라블레를 표방하는 위대한 소설가들은 거의 모두 그의 작품을 번역으로 읽었다.)

뿌리 뽑히지 않는 오류

일군의 명민한 프랑스 지식인들이 철학뿐만 아니라 연극과 소설의 새로운 방향에 붙인 이름인 '실존주의'라는 말이 유명해진 것은 2차 세계대전 직후다. 문구를 만들어 내는 탁월한 감각을 가진 사르트르는 자신의 연극 작품들의 이론가로서 '성격극'에 '상황극'을 대립시킨다. 그가 1946년에 설명한 바에 따르면 우리의 목표는 "인간 경험에 가장 공통된 모든 상황을 설명하는 것", 인간 조건의 주된 양상을 밝혀 주는 상황들을 설명하는 것이다.

그 누구라도 만일 내가 다른 곳에서, 다른 나라에서 다른 때에 태어났다면 내 삶은 어떻게 되었을까라는 질문을 던지는 법이다. 이 질문은 가장 널리 퍼진 인간의 환상 가운데 하나 즉 우리 삶의 상황을 단순한 배경이나, 아니면 항상 독립적이고 지속적인 우리의 '자아'가 단순히 지나치는 우연적이며 바뀔 수 있는 상황으로 인식하게 하는 환상을 내포한다. 자신의 다른 삶, 여남은 개 되는 가능한 다른 삶을 상상하는 것은 얼마나 아름다운 일인가! 그러나 몽상은 그만! 우리 모두는 출생의 날짜와 장소에 절망적으로 못 박혀 있다. 우리의 '자아'는 우리 삶의 구체적이고 유일한 상황을 벗어나서 생각할 수 없으며, 이러한 상황에서만 그리고 그를 통해서만 이해될 수 있다. 낯선 두 사람이 요제프 K가 기소당했음을 알리기 위해 아침에 그를 찾아오지 않았더라면 그는 우리가 알고 있는 것과 딴판의 사람이 되었을 것이다.

사르트르의 빛나는 개성, 철학자와 작가로서의 이중 지위는, 20세기 연극과 소설의 지향은 철학의 영향에 기인한다는 생각을 확실하게 만들었다. 철학과 문학의 관계는 한 방향으로만 실행되며, '서술의 전문가들'은 사상을 가질 수밖에 없는 한, '사상의 전문가들'에게서 그것을 빌려 올 수밖에 없다는 것, 이것이야말로 항상 되풀이되는 똑같은 끈질긴 오류, 오류 가운데 최고의 오류다. 그런데 소설의 기술을 그 심리적인 매혹(성격에 대한 분석)에서 은밀하게 벗어나 실존적 분석(인간 조건의 주된 양상을 밝히는 상황에 대한 분석)으로 향하게 했던 방향 전환은 실존주의의 유행이 유럽을 사로잡기 이삼십 년 전에 일어났다. 그리고 이는 철학자들이 아니라 소설의 기술 그 자체의 발전 논리에 의해 이루어졌다.

상황들

프란츠 카프카의 세 소설은 동일한 상황의 세 변주다. 인간은 타인이 아니라 거대한 행정 조직으로 변한 세계와 갈등 관계에 놓인다. 첫 번째 소설(1912년에 쓰인)에서 인간의 이름은 카를 로스만이며 세계는 아메리카다. 두 번째 소설(1917년)에서 인간은 요제프 K이며, 세계는 그를 고발한 거대한 법정이다. 세 번째 소설(1922년)에서 인간은 K이며 세계는 성에 지배당하는 마을이다.

카프카가 심리학에서 벗어나 상황의 검토에 집중하게 된 것은 그의 인물들이 심리적으로 설득력이 없음을 의미하는 것이 아니라 심리적인 문제틀이 배면으로 물러났음을 뜻한다. K가 행복한 어린 시절을 보냈건 아니건 간에, 그가 애지중지 키워졌건 고아원에서 길러졌건 간에, 그가 큰 사랑을 받았건 아니건 간에, 이는 그의 운명이나 태도를 조금도 바꿔 놓지 못한다. 바로 이러한 문제들을 뒤집고, 인간의 삶에 다른 방식의 질문을 던지며, 개인의 정체성을 다른 방식으로 인식함으로써 카프카는 과거의 문학뿐만 아니라 그의 위대한 동시대인들인 프루스트나 조이스와도 구분된다.

브로흐는 『몽유병자들』(1929~1932년)의 시학을 설명하는 한 편지에서 "심리 소설이라기보다 인식 형이상학적 소설"이라고 썼다. 이 3부작 장편 소설 『1888, 파제노 혹은 낭만주의』, 『1903, 에슈 혹은 무정부주의』, 『1918, 후게나우 혹은 즉물주의』(연도는 제목의 일부다.)는 각각 전작보다 십오 년 후에 다른 환경에서 다른 주인공의 이야기로 전개된다. 이 세 소설을 하나의 작품으로 묶는 것은(심지어 따로 출판하지도 않는다!) 상황의 동일성이며, 브로흐가 "가치 붕괴"라고 일컬은, 역사 진화 과정의 초개인적 상황이다. 주인공들은 각각 이러한 역사의 발전에 대면하여 자기 나름의 태도를 취한다. 먼저 파제노는 눈앞에서 사라져 가려 하는 가치들을 충실하게 지킨다. 십오 년 후 에슈는 가치의 필요에 강박적으로 사로잡히지만 그것들을 어떻게 분별해야 할지 알지 못한다. 마지막으로 후게나우는 가치가 사라진 세상을 전적으로 있는 그대로 받아들인다.

내 나름의 '사적인 소설사'에서 모더니즘 소설의 창시자들로 여기고 있는 소설가들 축에 야로슬라프 하셰크를 끼워 넣기는 좀 불편하다. 하셰크는 현대적이거나 말거나 그런 것에는 전혀 개의치 않기 때문이다. 이제는 그 뜻이 사라진 말로 하자면 그는 대중적인 작가였다. 문학계를 무시하고 또 문학계에서 무시당하는 유랑자, 모험가로서의 작가. 세계 어디에서나 즉각적으로 대단히 많은 독자를 확보했던 유일한 소설의 저자. 그런데 내게는 그의 『훌륭한 병사 슈베이크』(1920~1923년)에 카프카(두 작가들은 같은 시기에 같은 도시에서 살았다.)나 브로흐의 소설들과 같은 미학적 경향이 나타난다는 점이 더 두드러져 보인다.

징병 심의회에 소환된 슈베이크는 휠체어에 앉아 빌린 목발 두 짝을 용감하게 들어 올린 채, 재미있어 하며 바라보는 시민들 사이로 프라하의 거리를 밀려 지나가면서 외친다. "베오그라드로!" 그날은 오스트리아헝가리 제국이 세르비아에 전쟁을 선포함으로써 1914년의 세계대전(브로흐에게는 3부작의 마지막 시대 배경이자 모든 가치의 붕괴를 의미하는 전쟁)이 발발한 날이다. 이런 세계에서 안전하게 살아남기 위해 슈베이크는 군대와 조국과 황제에 대한 지지를 지나치게 떠벌리는데 아무도 그가 바보, 어릿광대라고 분명하게 말할 수 없을 정도였다. 하셰크는 우리에게조차 그것을 말해 주지 않는다. 자신의 복지부동한 바보짓들을 시시콜콜 늘어놓을 때 슈베이크가 정말 무슨 생각을 하는 건지 우리는 결코 알 수가 없다. 그리고 그것을 모른다는 바로 그 이유 때문에 우리는 계속 그에게 호기심을 느낀다. 지금도 프라하에 가면 음식점들의 광고판에서 작고 둥글둥글한 그의 모습을 볼 수 있다. 하지만 그 책의 유명한 삽화가가 그를 그렇게 그렸던 것일 뿐, 하셰크 스스로는 슈베이크의 외모에 대해 한마디도 하지 않았다. 우리는 그의 집안 배경이 어떤지도 모른다. 또 그가 여자와 함께 있는 것도 본 적이 없다. 여자가 없었을까? 아니면 은밀히 감추어 두었을까? 대답은 없다. 그러나 그보다 더 흥미로운 점은 질문 자체가 없다는 것이다! 슈베이크가 여자들을 좋아했건 안 했건 우리에게는 아무런 차이가 없다!

여기에 소박하지만 근본적인 미학적 전환점이 있다. 어떤 인물에 관해서 모든 정보가 주어져야만 그 인물이 '생생하고 강렬하며' 예술적으로 '성공적'이 되지는 않는다는 것이다. 그가 우리처럼 실재적인 존재라고 믿게 해야 할 필요는 없다. 강렬하고 잊을 수 없는 인물이 되기 위해서는 소설가가 그를 위해 창조한 상황의 공간을 가득 메우기만 하면 된다.(이러한 새로운 미학적 풍토에서 소설가는 때로, 심지어 자기가 얘기하는 것 중에 사실은 아무것도 없으며 모든 것이 자기가 꾸며 낸 허구라는 점을 즐겨 상기시키기도 한다. 펠리니가 그의 영화 「그리고 배는 항해한다」의 끝에서 환상극의 무대 뒤편과 기계 장치를 전부 보여 주는 것처럼.)

소설만이 말할 수 있는 것

『특성 없는 남자』는 빈을 배경으로 전개된다. 하지만 내가 기억하는 한 빈이라는 이름은 소설 속에서 두세 번 정도밖에 나오지 않는다. 오래전 필딩의 소설 속 런던처럼, 빈의 지형도는 언급되지 않고 심지어 설명도 훨씬 적다. 울리히와 그의 누이 아가테가 만나는 그토록 중요한 장면은 익명의 도시에서 일어난다. 그곳은 어디일까? 당신은 그것을 알 수가 없다. 그 도시의 이름은 체코어로 브르노, 독일어로는 브륀이다. 나는 그곳에서 태어났기 때문에 몇몇 세부 묘사들을 보고 쉽게 알아차렸다. 그 이름을 말하고 나니 무질의 의도에 반대되는 행동을 했다는 후회가 든다. 의도? 어떤 의도인가? 그가 뭔가를 숨기려고 했을까? 그렇지 않다. 그의 의도는 순전히 미학적인 것이었다. 핵심에만 집중하기. 불필요한 지리적 고찰로 독자의 주의를 흐리지 않기.

고유한 특수성과 본질에 최대한 다가가려는 각 예술 분야의 노력에서 종종 모더니즘의 의미를 찾아볼 수 있다. 서정시의 경우, 순수한 시적 환상의 샘이 솟아나도록 하기 위해 수사적, 교훈적, 장식적인 것들을 모두 버렸다. 회화는 다른 수단(예를 들어 사진과 같은)을 통해서도 표현될 수 있는 모든 것, 기록적이고 모방적인 기능을 버렸다. 그렇다면 소설은? 소설 역시 역사적 시대 설명이나 사회의 묘사, 이데올로기의 옹호 수단으로 존재하기를 거부하고 전적으로 '소설만이 말할 수 있는 것'을 위해 일하기 시작한다.

오에 겐자부로의 단편 소설 「인간 양(羊)」(1958)을 생각해 보자. 어느 저녁 무렵, 일본인들이 잔뜩 탄 버스에 외국 군대의 술 취한 병사 한 무리가 올라타서 한 대학생 승객을 위협하기 시작한다. 그들은 강제로 그의 바지를 벗기고 엉덩이가 드러나게 한다. 대학생은 주위 승객들이 억지로 웃음을 참고 있다는 걸 느낀다. 그런데 병사들은 희생자 한 명으로 만족하지 않고 승객들 절반가량의 바지까지 벗긴다. 버스가 멈추고 병사들이 내리자 벗은 사람들은 도로 바지를 꿰입는다. 다른 사람들은 무기력함에서 깨어나 수모를 당한 사람들에게 경찰에 가서 외국 병사들의 행동을 고발하라고 부추긴다. 그들 중 교사 하나가 끝까지 대학생을 따라온다. 그가 내릴 때 따라 내리고 집에까지 따라가서는 그의 이름을 알아내어 그가 당한 수치를 공개하고 외국인들을 고발하려고 한다. 결국 모든 것은 둘 사이의 격한 증오로 끝난다. 비겁함과 수치, 정의감이라는 허울을 쓴 경솔한 가학성 등을 이야기하는 놀라운 소설이다. 하지만 이 소설 얘기를 꺼낸 이유는 이런 질문을 하기 위해서다. 그 외국 병사들은 누구인가? 물론 전쟁 후에 일본을 점령한 부대는 미국군이다. 그런데 작가는 '일본인' 승객이라고 꼬집어 말하면서 왜 병사들의 국적은 밝히지 않을까? 정치 검열 때문일까? 문체의 효과를 노린 것일까? 그렇지 않다. 소설 전체를 통해 일본 승객이 미국 병사와 대립한다고 상상해 보라! 이 한 단어가 분명하게 언급됨으로써 소설은 결국 정치적인 텍스트로, 점령자에 대한 고발로 귀결되고 만다. 이 단어 하나를 포기함으로써 정치적 측면은 어슴푸레한 빛에 싸이고, 소설가가 관심을 가진 주요한 문제인 실존의 수수께끼에 조명이 집중되기에 충분해진다.

왜냐하면 사회 운동, 전쟁, 혁명과 반혁명, 국가의 굴욕 등 역사 그 자체는 소설가에게 그려야 할 대상, 고발하고 해석해야 할 대상으로서의 관심거리가 아니기 때문이다. 소설가는 역사가의 하인이 아니다. 소설가를 매혹하는 역사란, 인간 실존 주위를 돌며 빛을 비추는 탐조등, 역사가 움직이지 않는 평화로운 시기였다면 실현되지 않고 보이지 않고 알려지지 않았을 뜻밖의 가능성들에 빛을 던지는 탐조등으로서의 역사다.

생각하는 소설

소설가가 '핵심('소설만이 말할 수 있는' 것)에 집중'해야만 한다면, 작가의 사색은 소설 양식에 어울리지 않는다고 말하는 비평가들의 생각이 옳은 것 아닐까? 사실 소설가가 자신의 것이 아닌, 학자들이나 철학자들의 수단에 의지한다면 온전한 소설가가 될 능력이 없다는 증거이며 예술적 결함의 증거가 아닐까? 게다가 깊은 사색이 끼어들면, 등장인물들의 행동은 단순히 작가가 주장하는 바에 대한 예시로 그치고 말 우려가 있지 않을까? 또 인간적 진리의 상대성이라는 관점을 가진 소설 예술이라면 작가의 의견을 드러내지 않고 모든 사색을 오직 독자의 몫으로 남겨 두어야 하지 않을까?

이에 대한 브로흐와 무질의 대답은 더할 수 없이 명확했다. 그들은 앞선 세대의 누구보다도 더, 활짝 열린 문을 통해 자신들의 생각을 소설 속에 집어넣었다. 『몽유병자들』 안에 삽입된 에세이인 「가치들의 붕괴」(이것은 3부작의 마지막 소설에 열 개 장으로 흩어져 있다.)는 삼십 년간 유럽의 정신적 상황에 대한 분석과 성찰, 경구 들의 연속이다. 이 에세이가 소설 양식에 적합하지 않다고 단언할 수는 없다. 바로 이 에세이가 세 주인공의 운명을 부서뜨리는 벽을 비춰 주는 동시에 세 소설을 하나로 묶기 때문이다. 이 점은 아무리 강조해도 지나치지 않을 것이다. 지적으로 매우 까다로운 사색을 소설 속에 통합하는 것, 그리고 아름답고 음악적인 방법으로 그것을 작품의 필수 요소로 만드는 것이야말로 현대 예술의 시대에 소설가가 감행할 수 있는 가장 대담한 혁신 중 하나다.

하지만 내가 보기엔 더 중요한 것이 있다. 빈의 이 두 작가의 사색은 더 이상 예외적인 요소, 방해물로 느껴지지 않는다는 것이다. 이 생각하는 소설들 속에는, 심지어 소설가가 어떤 사건을 이야기하거나 얼굴 모습을 묘사할 때조차 끊임없는 사색이 존재하기 때문에 그것을 '여담'이라고 부르기 어려운 것이다. 톨스토이나 조이스가 안나 카레니나나 몰리 블룸의 머릿속에 떠오른 문장들을 들려주었다면, 무질은 레오 피셸과 그의 밤의 행위를 오래도록 지켜보면서 그 자신이 생각하는 바를 말한다.

"불빛 없는 부부의 침실에서 남자는, 마치 보이지 않는 관람석 앞에서 거창하지만 그래도 역시 다소 고리타분한 역할을 해야 하는 배우, 포효하는 사자를 상기시키는 영웅과 같은 입장에 처하게 된다. 그런데 몇 년 전부터 레오의 보이지 않는 관객은 이 행위에 최소한의 갈채도, 최소한의 비난의 기색도 보이지 않았고, 이것은 확실히 강력한 긴장을 쫓아 버리기에 충분했다고 말할 수 있다. 클레멘티네는 아침 식사 때마다 동사한 시체처럼 뻣뻣했고 예민한 레오는 움찔거렸다. 딸 게르다는 매번 그것을 알아차렸고 그때마다 섬뜩함과 씁쓸한 혐오감에 찬 결혼생활이 어두운 밤 고양이들의 싸움 같다고 상상했다." 이렇게 무질은 '상황의 정수', 즉 피셸 부부의 '성교의 정수'에 이른다. 그는 그들의 현재와 과거의 성생활, 심지어 그 딸의 미래의 삶까지 단 하나의 메타포, 생각하는 메타포에 비추어 조명한다.

다음 사실을 강조해 보자. 브로흐와 무질이 현대 소설 미학에 도입한 것과 같은 소설 속의 사색은 과학적 사색이나 철학적 사색과는 무관하다. 심지어 일부러 비철학적, 더 나아가 반철학적이기까지 하다고 말할 수 있다. 즉 모든 선입관의 체계로부터 철저하게 독립적이라는 것이다. 소설의 사색은 판단을 내리지 않고 진리를 부르짖지 않는다. 그것은 스스로 질문하고 놀라고 탐색한다. 그 형태도 매우 다양하다. 은유적, 풍자적, 가설적, 과장적, 금언적, 해학적, 도전적, 환상적. 무엇보다도 그것은 등장인물들의 삶의 마술적 궤도를 결코 벗어나지 않는다. 등장인물들의 삶이야말로 그것을 살찌우고 정당화하는 것이니까.

울리히가 라인스도르프 백작의 저택 집무실에 있을 때 대규모 시위가 벌어진다. 무엇에 대항하는 시위일까? 그것에 관한 정보가 주어지기는 하지만 부차적이다. 중요한 것은 시위라는 현상 자체다. 길에서 시위를 벌인다는 것이 무슨 뜻인지, 20세기의 그토록 두드러진 증상인 이 집단행동이 의미하는 것은 무엇인지……. 울리히는 깜짝 놀라서 창밖으로 시위대를 바라본다. 저택 발치에 이르러 시위대는 얼굴을 든다. 그들의 얼굴은 분노로 덮여 있고 남자들은 지팡이를 휘둘러 댄다. 그러나 상황은 곧 달라진다. "몇 걸음 더 지나 무대 뒤편 같은 길모퉁이로 슬그머니 사라지는 시위대 사람들은 분장을 지우는 배우처럼 보였다. 관객도 없는데 계속 으르렁대는 것은 우스꽝스러웠기 때문이다." 이 메타포의 빛 아래 드러난 시위자들은 화가 난 사람들이 아니다. 분노를 연기하는 배우들일 뿐이다! 그들은 공연이 끝나자마자 서둘러 분장을 '지운다'! '스펙터클한 사회'는 정치학자들의 단골 주제가 되기 훨씬 이전에 소설가 덕에, 상황의 본질에 대한 소설가의 '빠르고 명민한 통찰력'(필딩) 덕분에 이미 엑스선 촬영을 받은 셈이다.

『특성 없는 남자』는 그 세기를 통틀어 비할 데 없이 탁월한 실존의 백과사전이다. 이 책을 다시 읽고 싶을 때면 나는 앞뒤 전개를 신경 쓰지 않고 손 가는 대로 아무 페이지나 열어 보곤 한다. '스토리'가 있기는 하지만 그것은 전혀 주의를 끌지 않고 눈에 띄지 않게 천천히 진행된다. 각 장이 그 자체로 놀라움이며 발견이다. 곳곳에 사색이 깔려 있다고 해서 이 소설의 소설적 성격이 사라지지는 않는다. 오히려 그것이 소설의 형식을 풍부하게 하고 '소설만이 발견하고 말할 수 있는' 것의 영역을 엄청나게 확장했다.

비개연성의 국경은 이제 지켜지지 않는다

두 개의 위대한 별이 20세기 소설의 하늘을 비추었다. 꿈과 현실의 결합을 매혹적으로 호소한 초현실주의와 실존주의의 별이다. 카프카는 너무 일찍 죽어서 그 작가들과 그들의 강령을 알지 못했다. 하지만 그가 쓴 소설들이 이 두 미학적 경향을 예고하고 있음은 주목할 만하다. 더구나 그 둘을 서로 연결하고 하나의 관점 안에 묶고 있음은 더욱 주목할 만하다.

발자크나 플로베르, 프루스트가 구체적인 사회 환경 속에서 개인의 행동을 묘사하고자 할 때 개연성을 위반하면 모두 부적절하고 미학적 일관성이 없는 것이 된다. 그러나 소설가가 실존적 문제 제기에 목표를 둘 때, 독자를 위해 개연적 세계를 창조해야 할 의무는 더 이상 규칙이나 필수품이 아니다. 작가는 자기가 이야기하는 것에 실제와 같은 외양을 덧

입혀 줄 정보와 묘사와 인과 관계 들에 훨씬 더 무심해져도 되는 것이다. 그리고 극단적인 경우에는 인물들을 명백한 비개연성의 세상에 배치하는 것이 더 유리할 수조차 있다.

카프카가 경계를 뛰어넘은 후로 비개연성의 국경은 경찰도 세관도 없이 영원히 열려 있다. 이것은 소설의 역사에서 위대한 순간이었다. 그 의의를 왜곡하지 않기 위해서, 19세기 독일의 낭만주의 작가들이 그 전조가 아니었음을 밝혀 둔다. 그들의 환상적인 상상력에는 다른 의미가 있었다. 그들의 상상력은 현실의 삶에 등을 돌리고 다른 삶을 추구했으며 소설적 기법과는 별 상관이 없었다. 카프카는 낭만파가 아니었다. 노발리스, 티크, 아르님, E.T.A.호프만을 좋아하지 않았다. 아르님에 열광했던 사람은 그가 아니라 브르통이었다. 젊은 청년 카프카는 친구 브로트와 함께 플로베르를 프랑스어로 탐독하고 연구했다. 위대한 관찰자 플로베르가 바로 그의 스승이었다.

현실을 주의 깊게, 집요하게 들여다볼수록 실제 현실과 모든 사람이 현실에 대해 품고 있는 생각이 맞아떨어지지 않는다는 것을 깨닫게 된다. 카프카의 오랜 응시 속에서 현실은 점점 비상식적이고, 따라서 비이성적이고, 따라서 비개연적인 모습을 드러낸다. 현실 세상에 대한 이 길고 게걸스러운 시선이 바로 카프카와 그 후의 다른 위대한 소설가들을 개연성의 국경 너머로 이끈 것이다.

아인슈타인과 카를 로스만

농담, 기담, 우스꽝스러운 이야기. 매우 짤막한 이 이야기들을 뭐라고 부르건 간에, 그것들의 본산이 프라하였던 탓에 나는 제대로 즐길 수 있었다. 정치적 농담. 유대인 농담. 농민들에 관한 농담. 의사들에 관한 농담. 언제나 경박하고 왜인지는 모르지만 언제나 우산을 들고 다니는 선생들에 관한 농담이라는 이상한 장르.

아인슈타인은 이제 막 프라하 대학에서 수업을 마치고(그렇다. 그는 거기에서 얼마 동안 가르쳤다.) 나갈 준비를 한다. "교수님, 우산 챙기세요. 비가 와요!" 아인슈타인은 생각에 잠긴 듯 교실 구석에 있는 우산을 응시하다가 학생에게 대답한다. "자네는 내가 우산을 잘 잊어버리는 걸 알고 있군. 그건 내게 우산이 두 개 있기 때문이지. 하나는 집에, 하나는 학교에 둔다네. 자네가 방금 올바르게 지적했듯이 밖에는 비가 오니까 물론 이 우산을 챙겨 갈 수도 있겠지. 하지만 그렇게 하면 집에는 우산이 두 개가 되고 여기에는 하나도 없게 되네." 그는 이렇게 말하고 빗속으로 걸어 나간다.

카프카의 『아메리카』는 거추장스럽고 성가시고 자꾸만 잃어버리는 우산이라는 같은 모티프로 시작된다. 카를 로스만은 뉴욕 항에서 커다란 여행 가방을 든 채 혼잡한 사람들을 뚫고 여객선에서 내리는 중이다. 그때 갑자기 깜빡 잊고 선실 바닥에 두고 온 우산을 떠올린다. 뒤쪽에는 사람들이 꽉 차 있었기 때문에 여행 중에 알게 된 젊은 남자에게 가방을 맡겨 놓고 잘 모르는 계단으로 내려갔다가 복도에서 길을 잃는다. 그러다 마침내 어떤 선실의 문을 두드리고 거기서 석탄 공급 담당 선원을 만난다. 이 화부(火夫)는 그를 보자마자 말을 걸며 상관에 대한 불평을 늘어놓는다. 그리고 대화가 얼마 동안 이어지자 카를에게 좀 더 편안하게 간이침대에 앉으라고 권한다.

이 상황은 심리적으로 명백히 불가능하다. 정말이지 우리가 듣는 이야기는 사실이 아니다! 이것은 농담이다. 결국 카를에게는 당연히 가방도 우산도 남지 않을 테니까! 그렇다. 이것은 농담이다. 단지 카프카는 보통 우리가 농담을 이야기할 때처럼 이야기하지 않은 것뿐이다. 그는 심리적으로 신빙성 있게 보이도록 모든 행동을 하나하나 설명하면서 길게, 상세하게 진술한다. 카를은 힘들게 간이침대에 기어 올라간다. 그러고는 자신의 서투름을 민망해하면서 웃는다. 화부가 견뎌 왔던 수모에 대해 한참 이야기를 나누고 나서야 갑자기

그는 정신이 번쩍 들어서 "여기 남아서 충고를 해 주기보다
는 가방을 찾으러" 갔어야 했다고 생각한다. 카프카는 비개
연성에 개연성의 탈을 씌운다. 그로 인해 이 소설(과 카프카의
모든 소설)은 흉내 낼 수 없는 신비한 매력을 지닌다.

농담 예찬

농담, 기담, 우스운 이야기. 이것들은 비개연성 속을 모험하는 상상력과 현실에 대한 날카로운 감각이 완벽한 한 쌍을 이룰 수 있음을 보여 주는 가장 훌륭한 증거다. 파뉘르주에게는 결혼하고 싶었던 여자가 한 사람도 없다. 하지만 논리적이고 이론적이고 용의주도한 정신의 소유자로서 그는 인생의 근본적인 문제를 즉시, 결정적으로 해결하기로 결심한다. 결혼을 해야 하는가 말아야 하는가? 그는 이 전문가에게서 저 전문가에게로, 철학자에게서 법률가에게로, 점쟁이에게서 점성가에게로, 시인에게서 신학자에게로 찾아다니며 오랫동안 조사한 끝에 이 문제 중의 문제에 해답이 없음을 확신하기에 이른다. 이 농담, 라블레 시대의 지식을 모두 섭렵하는 우스꽝스럽고 기나긴 여행이 되어 버린 이 있을 법하지 않은 행동이 『팡타그뤼엘 제3서』의 이야기 전부다.(삼백

년 후의 『부바르와 페퀴셰』 역시 그 시대의 모든 지식을 섭렵하는 여행으로 길게 늘여진 농담이라고 생각하게 된다.)

세르반테스는 『돈키호테』가 출간되어 알려지고 수년이 지난 뒤에야 속편 집필을 시작한다. 기막히게 멋진 생각이 떠오른 것이다. 돈키호테를 만나는 인물들은 책에서 읽은, 살아 있는 영웅을 알아보고 그와 함께 과거의 모험담을 이야기하며 그에게 스스로의 문학적 이미지에 대해 해석할 기회를 준다. 물론 이것은 불가능한 일이다! 순전히 환상이고, 농담이다!

그 후 세르반테스에게 충격적인 뜻밖의 사건이 일어난다. 다른 무명작가가 그보다 먼저 돈키호테의 이어지는 모험을 출간한 것이다. 화가 난 세르반테스는 자신이 쓰고 있는 속편에서 그 작가에게 신랄한 욕설을 퍼붓는다. 하지만 곧 이 추잡한 사건을 이용해 또 다른 창작을 해 낸다. 돈키호테와 산초는 그 모든 모험이 실패한 후 지치고 침울해져 마을로 돌아오다가 가증스러운 위작에 등장하는 인물 돈 알바로를 만난다. 그들의 이름을 듣자 알바로는 깜짝 놀라는데, 자기가 알고 있는 돈키호테와 산초는 완전히 다른 사람들이기 때문이다. 이 만남은 소설이 끝나기 몇 페이지 전에 이루어진다. 자기 자신의 유령과의 어리둥절한 대면. 이 모든 것이 허위임을 드러내는 최종적인 증거. 최후의 농담, 작별의 농담의 쓸쓸한 달빛.

곰브로비치의 『페르디두르케』에서 핌코 교수는 서른 살유죠를 열여섯 살 청소년으로 되돌아가게 해서 매일 고등학교 책상 앞에 앉아 고등학생들 사이에서 학생으로 지내게 하기로 결정한다. 이 터무니없는 상황은 사실 매우 심오한 질문을 내포하고 있다. 모든 사람이 철저하게 청소년 대하듯 대하면 어른도 결국 실제 나이에 대한 자각을 잃게 될까? 더 일반적으로 말해서, 인간은 다른 사람들이 그를 바라보고 대하는 대로 될까, 아니면 그 모든 것에도 불구하고, 그 모든 것에 반해, 자신의 정체성을 지킬 힘이 있을까?

기담이나 농담을 소설 토대로 삼는 것은 곰브로비치의 독자들에게 분명 모더니스트다운 도발로 보였다. 물론 그것은 도발이었다. 하지만 그 뿌리는 아주 먼 과거에서 찾을 수 있다. 소설 예술이 아직 확실한 정체성도, 이름도 없었던 시대에 필딩은 그것을 산문-희극-서사적 글쓰기라고 명명했다. 이점을 항상 기억해야 한다. 희극은 소설의 요람 위에 몸을 기울이고 있는 신화의 세 요정 가운데 하나였다.

곰브로비치의 작업실에서 바라본 소설의 역사

소설 예술에 대해 말하는 소설가는 강단에서 장광설을 늘어놓는 교수가 아니다. 오히려 벽에 기대어 놓은 그림들이 사방에서 당신을 바라보고 있는 작업실에서 당신을 맞이하는 화가와 같다고 상상해 보자. 소설가는 당신에게 자기 이야기뿐 아니라 다른 작가들과 자기가 좋아하는 소설들, 자기 작품에 은근히 나타나는 그 소설들에 대해서도 이야기할 것이다. 그는 당신 앞에서, 자기의 가치 기준에 따라 소설 역사의 과거 전체를 개편할 것이고 그것을 듣는 당신은, 오직 그에게만 속하며 따라서 당연히 다른 작가들의 시학과 대립되는 그만의 시학을 짐작할 수 있을 것이다. 이렇게 해서 당신은 토론과 충돌과 대립 속에서 소설의 미래가 결정되고 변화하고 형성되는 역사의 선창으로 내려가며 놀라게 될 것이다.

1953년 비톨트 곰브로비치는 그의 『일기』의 첫 해 부분에서(그는 죽을 때까지 십육 년간 계속 일기를 쓴다.) 한 독자의 편지를 인용한다. "특히, 직접 해설을 하지 마십시오! 당신은 쓰기만 하세요! 자신의 작품에 스스로 서문과, 거기다 해설까지 써야 한다면 얼마나 유감스러운 일입니까!" 이에 대해서 곰브로비치는, 작가가 자기 책에 대해서 말하지 못한다면 "완전한 작가"가 아니므로 자기는 "할 수 있는 한 길게" 설명을 계속하겠다고 답한다. 잠시 곰브로비치의 작업실을 둘러보자. 그가 좋아하는 것과 싫어하는 것의 목록, 즉 "소설 역사의 개인적 판본"이 여기 있다.

그는 특히 라블레를 좋아한다.(가르강튀아와 팡타그뤼엘의 이야기는 유럽의 소설이 모든 규범에서 벗어나 막 태어나기 시작할 무렵에 쓰였다. 그 책들에는 미래의 소설 역사 속에서 실현되거나 버려질, 그러나 어쨌든 전부 우리에게 영감으로 남게 될 가능성들이 가득 차 있다. 있을 법하지 않은 일, 지적 도전, 형식의 자유 사이를 거닐고 있다. 라블레에 대한 곰브로비치의 열정은 그가 생각하는 모더니즘의 의미를 드러낸다. 그는 소설의 전통을 부인하지 않는다. 오히려 그것을 요구한다. 그러나 그것이 탄생하던 경이로운 순간에 특별한 주의를 기울이며 온전한 전통을 요구하는 것이다.)

발자크에 대해서는 별로 관심이 없다.(그동안 소설의 규범적 모델로 여겨져 온 발자크의 시학에 저항한다.)

보들레르를 좋아한다.(현대시의 혁명에 동조한다.)

프루스트에 매료되지 않는다.(프루스트는 장엄한 여행의 끝에 이르렀고 여행의 모든 가능성을 다 써 버렸다. 새로운 것에 대한 추구에 정신을 빼앗긴 곰브로비치는 갈림길에서 다른 길을 택할 수밖에 없다.)

동시대의 어떤 소설가와도 닮은 데가 거의 없다.(소설가들은 때로 독서에 믿을 수 없는 결함을 지니고 있다. 곰브로비치는 브로흐도 무질도 읽지 않았다. 카프카를 온통 사로잡은 속물들에게 화가 나서 카프카에게도 특별한 애정을 느끼지 않는다. 라틴아메리카 문학에도 친근감을 느끼지 못한다. 자기 취향에 대해 너무 거드름을 피우는 보르헤스에게는 조롱을 당했고 아르헨티나에서도 외로이 살았다. 그곳의 대가 중 그에게 관심을 가진 사람은 에르네스토 사바토뿐이었다. 곰브로비치도 사바토에게 공감을 표현한다.)

19세기 폴란드 문학을 좋아하지 않는다.(그에게는 너무 낭만적이다.)

폴란드 문학에 대해서 대체로 신중한 태도를 취한다.(그는 자기 나라 사람들에게 사랑받지 못한다고 느꼈다. 그러나 그의 신중함이 원한 때문은 아니다. 그것은 작은 콘텍스트 안에 갇히는 것에 대한 두려움의 표현이다. 그는 폴란드 시인 투빔에 대해 이렇게 말한다. "그의 시 한 편 한 편을 '굉장히 멋지다'고 말할 수는 있다. 그러나 투빔의 투빔다운 어떤 요소가 세계의 시를 풍요롭게 했는지 묻는다면 우리는 뭐라고 대답해야 할지 모른다.")

1920~1930년대의 아방가르드를 좋아한다.(아방가르드의 '진보주의' 이데올로기와 '친현대적 모더니즘'은 경계하지만 새로운 형태에 대한 갈증과 상상력의 해방은 공유한다. 그는 젊은 작가에게 권하기를, 아무런 이성적 통제 없이 스무 쪽가량의 글을 쓰고 나서 날카로운 비평 정신으로 그 글을 다시 읽고, 핵심을 잘 지키면서 그런 식으로 계속 써 나가라고 한다. 소설이라는 마차에 '도취'라는 이름의 야생마와 '명석함'이라는 이름의 훈련된 말을 나란히 묶고 싶은 듯이.)

'참여문학'을 혐오한다.(주목할 만한 점은, 그는 문학을 반자본주의 투쟁에 종속시키는 작가들과 논쟁하지 않는다는 것이다. 공산 국가 폴란드에서 금지당한 작가인 그에게 참여 예술의 계열은 반공산주의의 기치 아래 행진하는 문학이다. 『일기』를 쓴 첫해부터 그는 참여 문학의 흑백 논리, 단순화를 비난한다.)

1950~1960년대 프랑스의 아방가르드, 특히 '누보로망'과 신비평(롤랑 바르트)을 좋아하지 않는다.(누보로망에 대해서는 "초라하다. 단조롭다. (……) 유아론(唯我論)이고 자위적이다."라고, 신비평에 대해서는 "점점 더 똑똑해질수록 점점 더 바보 같아진다."라고 말한다. 그는 이 새로운 아방가르드 탓에 작가들이 처하게 된 딜레마에 화가 났다. 그들 식의 모더니즘 — 그가 볼 때 이 모더니즘은 전문적이고, 현학적이고, 대학의 것이어서 현실과 관계가 없다 — 이냐, 아니면 끊임없이 똑같은 형태를 재생산하는 관습적인 예술이냐. 곰브로비치에게 모더니즘은 새로운 발견들을 통해 물려받은 길을 나아가는 것을 의미한다. 그것이 여전히 가능한 한. 소설이 물려받은 길이 여전히 거기 있는 한.)

다른 대륙

　러시아 군대가 체코슬로바키아를 점령하고 나서 삼 개월 후였다. 러시아는 아직 체코 사회를 지배할 능력이 없었다. 체코 사회는 불안 속에 살긴 했지만 (앞으로도 몇 개월은 더) 충분한 자유가 있었다. 작가 연맹은 반혁명의 온상이라는 비난을 받으며 여전히 집을 지키고 잡지를 간행하고 초대 손님들을 맞이했다. 그때 세 명의 라틴아메리카 작가, 훌리오 코르타사르와 가브리엘 가르시아 마르케스, 카를로스 푸엔테스가 프라하에 초대를 받아 왔다. 그들은 조심스럽게, 작가로서 온 것이다. 보기 위해서. 이해하기 위해서. 체코의 동료들을 격려하기 위해서. 나는 그들과 함께 잊을 수 없는 일주일을 보냈다. 우리는 친구가 되었다. 그들이 떠난 후 곧 『백년의 고독』의 체코 번역판을 읽을 수 있었다.

　나는 소설 예술에 대한 초현실주의의 비난, 시적이지 않고 자유로운 모든 상상력에 대해 닫혀 있다는 맹렬한 비난을 생각해 보았다. 그런데 가르시아 마르케스의 소설은 자유로운 상상력 그 자체다. 내가 아는 가장 위대한 시 작품 중 하나다. 한 문장 한 문장이 환상으로 반짝반짝 빛나고, 각각의 문장이 놀랍고 감탄스럽다. 『초현실주의 선언』에서 선포한 소설 경시에 대한 준엄한 대답이다.(동시에 세기를 관통했던 초현실주의, 그것의 영감과 숨결에 대한 오마주이기도 하다.)

또한 시와 서정성이 서로 자매 개념이 아니라 거리를 두고 유지해야 하는 개념이라는 증거이기도 하다. 가르시아 마르케스의 시는 서정성과는 아무 관계도 없기 때문이다. 작가는 고해를 하지도 않고 자신의 마음을 열어 보이지도 않는다. 그는 오직, 모든 것이 현실적인 동시에 비개연적이고 마술적인 세상 안에 자기가 건설해 놓은 객관적 세계에 취해 있을 뿐이다.

또 한 가지. 19세기의 모든 소설은 장면을 구성의 기본 요소로 삼았다. 가르시아 마르케스의 소설은 반대 방향으로 향하는 길에 있다. 『백년의 고독』에는 장면이 없다! 취한 듯 흘러가는 서술의 물결 속에 완전히 녹아들어 있는 것이다. 나는 이런 스타일을 가진 다른 예를 알지 못한다. 아무것도 묘사하지 않고 이야기하기만 하는, 그런데 이제까지 한 번도 본 적 없는 자유로운 환상을 가지고 이야기하는 서술자를 향해 소설이 마치 수세기를 거꾸로 되돌아온 듯하다.

은빛 다리

　　프라하에서의 만남이 있고 몇 년 후에 나는 프랑스로 이
주했는데, 우연히도 카를로스 푸엔테스가 그곳에 멕시코 대
사로 있었다. 그때 나는 렌에 살았는데 파리에 잠깐 머무르
는 동안 그의 대사관저 다락방에서 묵고 함께 아침을 먹었
다. 아침을 먹는 동안 끝없는 토론이 이어졌다. 라틴아메리
카 친구와의 뜻밖의 사귐에서 나는 곧바로 나의 중앙 유럽을
발견했다. 서로 반대되는 양극단에 위치한 서양의 두 변경.
무시당하고, 경멸당하고, 버려진 두 땅. 두 천민의 땅. 바로
크의 경험에 가장 깊은 상처를 받았던 세계의 두 부분. 상처
를 받았다는 말을 쓰는 이유는, 바로크가 라틴아메리카에는
정복자의 예술로 들어왔고, 나의 모국에는 특히 유혈의 반종
교 개혁에 의해서 전해졌기 때문이다. 그래서 막스 브로트는
프라하를 '악의 도시'라고 불렀다. 나는 악과 미의 신비로운

결합에 입문한, 세계의 두 부분을 본 것이다.

우리가 이야기하는 사이, 가볍고 떨리며 반짝이는 은빛 다리가 세월을 초월해서 나의 작은 중앙 유럽과 광대한 라틴아메리카 사이에 무지개처럼 세워졌다. 프라하의 마티아스 브라운의 황홀한 조각상들과 멕시코의 화려한 성당들을 연결하는 다리.

나는 우리의 두 고향 사이에 또 다른 유사성을 생각했다. 두 곳 모두 20세기 소설의 진보에서 핵심적인 위치를 차지하고 있었다. 먼저 1920~1930년대 중앙 유럽의 소설가들(카를로스는 브로흐의 『몽유병자들』을 세기 최고의 소설이라고 말했다.) 그리고 이삼십 년쯤 후에는 나와 동시대인들인 라틴아메리카의 소설가들.

어느 날 에르네스토 사바토의 소설들을 발견했다. 과거 빈의 위대한 두 작가의 소설처럼 사색이 넘치는 『말살자 아바돈(Abaddon el exterminador)』(1974)에서 사바토는 말했다. 수백 가지 분야로 세분화된 과학으로 인해 분할되고, 철학에 버림받은 현대 세상에서, 소설은 인간 삶을 전체로서 파악할 수 있는 최후의 망루로 남아 있다는 것을.

그보다 반세기 전에 지구 반대편(내 머리 위로는 은빛 다리가 끊임없이 흔들리고 있다.)에서 『몽유병자들』의 브로흐, 『특성 없는 남자』의 무질이 똑같은 생각을 했다. 초현실주의자들이 시를 예술의 최고 경지로 드높이던 시대에 그들은 이 지고의 자리를 소설에 부여했다.

4부   소설가란 무엇인가?

이해하려면 비교해야 한다

헤르만 브로흐는 한 인물의 윤곽을 잡기 위해서 먼저 그 인물의 본질적 태도를 포착해 낸다. 그러고 나서 점차적으로 그 인물의 좀 더 개별적인 특성들에 접근해 간다. 추상적인 것에서 구체적인 것으로 옮겨 가는 것이다. 에슈는 『몽유병자들』의 두 번째 소설에 나오는 주인공이다. 브로흐가 평하길, 본질적으로 그는 반역자라고 한다. 반역자란 무엇인가? 이에 브로흐는 또 다음과 같이 말한다. 한 현상을 이해하는 가장 좋은 방법은 그것을 비교해 보는 것이다. 브로흐는 반역자를 범죄자와 비교한다. 범죄자란 무엇인가? 자신이 저지르는 온갖 도둑질과 사기 행각을 시민이라면 갖추어야 할 하나의 직업으로 간주하면서, 있는 그대로의 질서에 자리 잡고 기대어 사는 보수주의자가 바로 범죄자다. 반대로 반역자는 기성 질서에 맞선다. 그는 자기 마음대로 그 질서를 휘두르고 싶어 한다. 에슈는 범죄자가 아니다. 에슈는 반역자다.
브로흐는 말한다. 그는 루터가 그랬던 것처럼 반역자다. 그
런데 도대체 내가 왜 에슈에 대해서 말하고 있는 것인가? 내
가 말하고 싶은 것은 바로 소설가인데! 소설가, 그를 누구와
견주어 볼까?

시인과 소설가

소설가를 누구와 견주어 볼까? 서정 시인과 견주어 보자. 헤겔에 의하면, 서정시의 내용은 시인 그 자신이다. 서정 시인은 자신의 내면 세계에 언어를 부여한다. 그렇게 함으로써 그가 느끼는 감정과 영혼의 상태를 독자의 심중에서 일깨우려 한다. 시가 시인의 삶과 동떨어진 '객관적인' 주제를 다룬다 할지라도 "위대한 서정 시인은 아주 빨리 그 주제에서 벗어나 결국에는 자기 자신의 초상을 만들게 될 것이다.(stellt sich selber dar.)"

헤겔은 음악과 시가 그림보다 우위를 점하는 것이 서정성(das Lyrische)이라고 한다. 그는 계속해서 다음과 같이 말한다. 서정주의에서 음악은 시보다 훨씬 더 멀리 갈 수 있다. 왜냐하면 음악은 언어로는 도달할 수 없는 내면 세계의 가장 은밀한 움직임들을 포착해 낼 수 있으니까. 서정시보다도 훨씬 더 서정적인, 음악이라는 한 예술이 존재한다. 이상을 통해서 우리는 다음과 같은 추론을 할 수 있다. 서정성의 개념은 문학 분야(서정시)에만 한정되지 않는다. 이 개념은 존재하는 어떤 방식을 가리키므로 이런 관점에서 보면 서정 시인은 자신의 고유한 영혼과 그 영혼을 들려주고 싶은 욕망으로 빛을 발하는 사람의 가장 대표적인 구현에 지나지 않는다.

오래전부터 나는 젊은 시절을 서정적 시기라고 생각해 왔다. 다시 말해서 한 개인이 거의 전적으로 자기 자신한테 집중하고 있어서 주변 세계를 보지도, 이해하지도, 명료하게 판단하지도 못하는 시기라고 말이다. 이러한 가설(필연적으로 도식적일 수밖에 없는 가설이지만 도식으로서 내가 보기에는 적절한 가설)을 근거로 보자면, 미성숙에서 성숙으로의 이행은 서정적 태도에서 벗어남을 의미한다.

소설가의 형성 과정을 표본이 될 만한 이야기의 형태, 즉 '신화'의 형태로 상상해 보니, 이 과정은 개종에 관한 이야기로 드러난다. 사울은 바울이 된다. 소설가는 자신의 서정 세계의 폐허 위에서 태어난다.

개종에 관한 이야기

나는 책꽂이에서 1972년 문고판 『마담 보바리』를 빼어 든다. 여기에는 서문이 두 개 있는데 하나는 작가인 앙리 드 몽테를랑의 서문이고, 다른 하나는 문학 비평가 모리스 바르데슈의 서문이다. 두 사람 다 이 책과 거리를 유지하고 있는 자신들의 태도를 고상하게 여겼나 보다. 이 책의 안마당을 무단으로 침입해 놓고서 말이다. 몽테를랑은 다음과 같이 적었다. "재기도 없고 (……) 새로운 사상도 없고 (……) 문체의 활기도 없고, 인간의 마음을 감지하는 예상치 못한 심오한 장치도 없고, 참신한 표현도 없고, 기품도 없고, 익살스러움도 없다. 믿을 수 없지만 상상하기 힘들 정도로 플로베르는 재능이 부족하다." 당연히 그는 계속 글을 이어 간다. 그에게 뭔가를 배울 수 있기는 하다. 단, 사람들이 그에게 있지도 않은 가치를 더 이상 부여하지 말고 "그가 라신, 생시몽, 샤토

브리앙, 미슐레와 같은 바탕을 가진 작가가 아니라는 점"을
알기만 한다면.

바르데슈는 이러한 판결을 확고히 하고서 소설가 플로베
르의 형성 과정을 이야기한다. 1848년 9월, 스물일곱 살의 플
로베르는 친구들의 소모임에서 그의 '훌륭한 낭만주의 산
문', 『성 앙투안의 유혹』을 낭독한다. 이 작품에 (계속해서 바
르데슈의 글을 인용하고 있는 것이다.) 플로베르는 '전심을, 온 열
망'을, 그의 '위대한 사상'을 전적으로 온전히 쏟아부었다.
그러나 이 글에 대한 유죄 판결이 만장일치로 내려진다. 친
구들은 '낭만주의적 고양들'을, '서정적인 훌륭한 움직임들'
을 치워 버리라고 그에게 충고한다. 플로베르는 그 충고를
따른다. 그리고 삼 년 뒤, 1851년 9월에 『마담 보바리』 집필에
들어간다. 플로베르는 소설을 마치 '고해성사'처럼 '재미없
게' 만들어 버린다. 이는 바르데슈의 의견이다. 바르데슈는
이 소설을 비평하면서 '계속해서 비난하고 비명을 질러' 댄
다. "보바리는 졸려, 보바리는 지루해, 주제가 저속해서 구역
질이 나." 이런 식으로 말이다.

플로베르가 오로지 친구들의 의사를 어쩔 수 없이 따르기
위해서 '전심을, 온 열망'을 질식시켜 버렸다는 게 내 상식으
로는 말이 안 되는 듯하다. 그렇다. 바르데슈가 이야기한 것
은 자기 파괴에 관한 이야기가 아니다. 그것은 개종에 관한
이야기다. 플로베르는 서른 살이다. 자신의 서정성의 번데기
를 찢고 나올 딱 그 시기다. 그가 자신의 인물들이 초라하다
고 불평을 할 수도 있겠지만, 그것은 열정을 위해서, 소설이

라는 예술에 대한 열정, 삶의 산문이라는 탐구의 장에 대한
열정을 위해서 바쳐야만 하는 제물이다.

희극의 희미한 빛줄기

『감정 교육』의 프레데리크는 자신이 사랑하는 아르누 부인이 참석한 야간 사교 파티를 즐기고 난 뒤 자신의 미래에 들떠 집으로 돌아와 거울 앞에 선다. 이 장면의 한 구절을 인용해 보자. "그는 자신이 잘생겼다고 생각했다. 일 분간 그는 자기 자신을 바라보고 있었다."

"일 분간". 이처럼 시간을 정확하게 측정하여 표현함으로써 이 장면의 비중은 커진다. 그는 멈춰 서 자기 자신을 바라보고 자신이 잘생겼다고 생각한다. 단 일 분 동안. 꼼짝도 않고서. 그는 사랑에 빠졌지만 그가 사랑하는 여인에 대해서는 생각도 않고 자기 모습에 넋을 잃고 있다. 그는 거울을 통해서 자신을 바라보고 있다. 하지만 거울을 통해 자기 자신을 바라보는 자신을 보지는 않는다.(플로베르가 그 모습을 거리를 두고 바라보는 것처럼.) 그는 서정적 자아에 갇혀서 희극의 희

미한 빛줄기가 이미 자신과 자신의 사랑에까지 뻗쳐 있는 줄
은 모른다.

반서정주의로의 개종은 소설가의 이력서에라면 반드시
들어 있는 기본 항목이다. 자기 자신에게서 멀어진 소설가는
갑자기 거리를 두고 자신을 본다. 그러고서는 자신이 그렇다
고 여기던 자신이 아니라는 사실에 깜짝 놀란다. 이런 경험
을 해 봐야 소설가는 누구나 다 자신이 생각하는 자신이 아
니라는 점과, 이러한 오해는 너무도 일반화된 기본 사실이라
는 것을 알게 될 것이다. 그런 다음 이런 사람들(예컨대 거울
앞에 박혀 있는 프레데리크)에게 희극의 희미한 빛줄기를 던질
줄 알게 될 것이다.(갑작스러운 발견이기도 한, 희극의 이 빛줄기
는 그의 개종에 따른 은밀하고도 귀한 보상이다.)

엠마 보바리는 이야기의 결론에 다다를 즈음 은행가들에
게 부탁을 거절당하고 레옹에게 버림받은 다음 역마차에 올
라탄다. 젖혀진 휘장 앞에서 한 걸인이 "일종의 소리 없는 절
규를 지르고 있었다." 그러자 그녀는 그에게 "어깨 너머로
5프랑짜리 주화 한 닢을 던져 주었다. 그것은 그녀의 전 재
산이었다. 하지만 그녀는 그렇게 돈을 던져 주는 것에 흡족해하
는 듯 보였다."

그 돈은 정말 그녀의 전 재산이었다. 그녀는 갈 데까지 간
것이다. 내가 중고딕체로 표시한 마지막 문장은 플로베르가
아주 제대로 보기는 했지만 엠마는 전혀 의식하지 못하고 있
는 것을 보여 준다. 그녀는 관대한 행동을 했을 뿐만 아니라
그렇게 한 것에 흡족해하고 있었다. 진정으로 절망적인 순간

에조차 그녀는 순전히 자기 자신에게 훌륭하게 보이고 싶어
서 과시적인 행동을 하는 데 주저하지 않았다. 이제는 약한
조소의 빛이 계속해서 그녀를 떠나지 않을 것이다. 그녀가
죽음을 목전에 두고 있을 때조차도.

찢어진 커튼

전설들로 짜인 마법 커튼이 세상 앞에 걸려 있다. 세르반 테스는 돈키호테를 떠나보내면서 그 커튼을 찢었다. 아무런 치장도 없는 희극적 산문 속을 떠도는 기사 앞에 세상이 활짝 열렸다.

첫 만남을 위해 서둘러 가기 전에 단장하는 여자와 같이, 세상은, 우리가 막 태어나는 순간 우리에게 달려온 그 세상은 단장을 마친 상태, 가면을 쓴 상태, 선(先)해석이 가해진 상태다. 오로지 순응주의자들만이 이 세상에 잘 속는 것은 아니리라. 여하간 반역을 꾀하는 존재들, 즉 모든 것에 그리고 모두에게 너무도 반기를 들고 싶어 하는 존재들은 세상의 어떠한 부분에 순응해야 하는지 납득하지 못한다. 그래도 그들은 저항할 만해 보이는 해석된(선해석이 가해진) 것에 대해서만 분노할 것이다.

「민중을 이끄는 자유의 여신」, 이 유명한 그림은 들라크루아가 선해석의 커튼에 있는 장면을 그대로 베낀 것이다. 바리케이드 위에서 한 젊은 여자가 심각한 얼굴로 가슴을 드러내 놓고 겁을 주고 있다. 그 여자 옆에는 권총 한 자루를 손에 쥔 코흘리개가 있다. 내가 이 그림을 좋아하지 않는다고 한들 무슨 소용이 있겠는가. 그렇다고 이 그림이 명화의 대열에서 제외되는 것도 아닌데 말이다.

하지만 진부한 그렇고 그런 산문과 낡아 빠진 상징으로 유명세를 얻은 소설은 소설사에서 제외된다. 실제로 세르반테스가 새로운 소설 기법을 개척했던 것은 바로 선해석의 커튼을 찢어 버렸기 때문이다. 그의 이 파괴적 행위는 소설이라는 이름에 걸맞게 소설이라면 그 어느 것에서나 반영되고 이어진다. 이것은 소설이란 예술임을 증명하는 표시이니까.

영광

스물여섯 살의 이오네스코는 루마니아에 살았을 적에 빅
토르 위고에 반대하는 팸플릿인 「위골리아드」에 다음과 같
은 글을 게재한다. "유명인들의 전기에서 드러나는 특기 사
항은 그들이 유명해지기를 원했다는 것이다. 일반인들의 전
기에서 보이는 특기 사항은 그들이 유명인이 되기를 원한 적
도 없고 또 그럴 생각도 해 본 적이 없다는 것이다. (……) 유
명인은 역겹다……."

이 말을 좀 더 자세히 살펴보자. 사람이 유명해지면 그를
아는 사람의 숫자가 그 자신이 아는 사람의 수보다 현저하
게 많아진다. 훌륭한 외과 의사가 받는 인정은 영광이 아니
다. 왜냐하면 그는 대중의 존경을 받는 게 아니라 그의 환자
나 동료의 존경을 받는 것이니까. 그는 균형 잡힌 삶을 산다.
영광은 불균형을 이룬다. 운명적으로 불가피하게 영광을 얻

게 되는 직업들이 있다. 정치가, 모델, 운동선수, 예술가.

그중에서도 예술가의 영광이 가장 끔찍하다. 왜냐하면 그 영광이 불멸할 것이라 생각하니까. 그것은 악마가 파 놓은 함정이다. 예술가의 마음속에 불멸을 바라는 그로테스크하기까지 한 과대한 야심이 반드시 있어야 예술가는 예술가로서의 사명을 성실하게 수행할 수 있으니 말이다. 진정한 열정으로 만들어진 소설이라면 너무도 당연하게 영구적인 미학적 가치를, 즉 작가의 사후에도 여전히 살아남을 수 있는 가치를 인정받고 싶어 한다. 이러한 야망 없이 글을 쓰는 것은 파렴치한 일이다. 왜냐하면 평범한 배관공은 사람들에게 유익한 존재이지만, 일부러 덧없고 진부하고 판에 박힌, 그래서 무익하고, 결국 성가시고, 마침내 해를 미치는 책들을 만들어 내는 평범한 소설가들은 경멸당해 마땅한 존재이기 때문이다. 소설가의 성실함이 그 지나친 야망이라는 고약한 기둥에 묶여 있다는 것, 그것이 바로 소설가에게 내려진 저주다.

사람들이 내 알베르틴을 죽였다

나보다 열 살 많은 (수년 전에 죽은) 이반 블라트니는 내가 열네 살 때부터 존경하던 시인이다. 그의 시집 어딘가에 있는, 여자 이름이 나오는 시의 한 구절, "Albertinko, ty"가 가끔씩 생각나곤 했다. 이 구절을 풀이하자면 "알베르틴, 당신"이다. 물론 이 이름은 프루스트의 알베르틴을 암시한다. 사춘기였던 나에게 이 이름은 여자 이름 중에서도 가장 매혹적인 이름으로 다가왔다.

당시 내가 프루스트에 대해서 알고 있던 것은, 한 친구의 책꽂이에 쭉 꽂혀 있던, 체코어로 번역된 『잃어버린 시간을 찾아서』의 스무 권가량 되는 책 제목들이 전부였다. 블라트니 덕분에, 또 'Albertinko, ty' 덕분에, 어느 날 나는 『잃어버린 시간을 찾아서』에 푹 빠져들었다. 「꽃핀 소녀들의 그늘에서」에 이르자 프루스트의 알베르틴과 내 시인의 알베르틴이나도 모르게 뒤섞여 버렸다.

체코의 시인들은 프루스트의 작품을 찬양했지만 그의 전기를 알지는 못했다. 이반 블라트니 역시 몰랐다. 나 역시 상당히 나중에서야, 알베르틴은 프루스트가 사랑했던 한 남자에 의해 영감 받은 것이었다는 말을 듣고서, 이 아름다운 무지의 힘을 잃어버리고 말았다.

도대체 나한테 뭐라고 말하든 무슨 상관인가! 흥, 그 남자든 그 여자든 누구한테 영감을 받았든 간에, 알베르틴은 알베르틴인 걸 말이다! 소설은 여자를 남자로 바꾸고, 남자를 여자로 바꾸며, 진흙을 금으로 만들고, 일화를 드라마로 만드는 연금술의 열매다. 바로 이 신성한 연금술이 모든 소설가에게 필요한 힘을 만들어 주고, 그들 예술의 비밀과 광채를 만들어 주는 것이다!

소용없는 짓이야. 나는 알베르틴을 가장 잊을 수 없는 여자 중 하나라고 생각하려 했으나 소용없는 짓이었다. 사람들이 그 모델이 남자였다고 내게 은밀히 알려 준 이후로는 그 쓸데없는 정보가 컴퓨터 소프트웨어에 침투한 바이러스처럼 내 머릿속에 콕 박혀 버리는 바람에 어쩔 수 없었다. 한 남성이 나와 알베르틴 사이에 슬그머니 끼어든 이후로 알베르틴의 이미지는 뒤죽박죽이 된다. 그녀의 여성성이 파손되어, 내가 그녀의 아름다운 가슴을 감상하는 순간, 그 가슴은 평평하게 되어 버리고, 고운 얼굴 위에 때때로 콧수염이 생기기도 하니 말이다.

사람들이 내 알베르틴을 죽였다. 플로베르의 말이 생각난다. "예술가는 자신이 겪어 보지 못한 후대의 사람들도 믿게 만들어야만 한다." 이 말의 의미를 잘 이해해야 한다. 소설가가 우선으로 지키기를 원하는 것은 자기 자신이 아니다. 그것은 바로 알베르틴이고, 또 아르누 부인이다.

마르셀 프루스트의 판결

『잃어버린 시간을 찾아서』에서 프루스트는 더할 나위 없이 명확하게 말했다. "이 소설에…… 허구가 아닌 사건은 단 한 건도 없다. (……) '실제' 인물은 단 한 명도 없다." 작가의 삶과 아주 긴밀한 연관을 맺고 있다 해도 프루스트의 소설은 분명 자서전과는 다른 면모를 지닌다. 소설에는 자서전을 그리려는 그 어떤 의도도 보이지 않는다. 작가는 자신의 삶을 말하려고 소설을 쓰지 않았다. 그는 독자의 면전에서 그들의 삶을 밝게 비춰 주고 싶어서 글을 썼던 것이다. "……독자는 독서하는 순간 자기 자신에 대한 고유한 독자가 된다. 작가의 작품은 일종의 광학 기구에 불과하다. 작가는 이 기구를 독자에게 줌으로써 이 책이 없었다면 아마도 자기 자신 안에서 볼 수 없었을 것을 알아볼 수 있도록 돕는다. 독자가 책이 말하는 것을 자기 자신 안에서 인정하는 일은 진실과 대면하는

것이다……." 프루스트의 이 문장들이 오로지 프루스트 소설
의 의미만을 밝혀 주고 있지는 않다. 더 넓게 소설이라는 예
술을 아주 간단하면서도 명료하게 정의 내려 주고 있다.

핵심의 윤리

바르데슈는 자신이 『마담 보바리』에게 내린 판결을 다음과 같이 요약한다. "플로베르는 작가로서의 삶에 실패했다! 사실 이는 플로베르의 그 많은 숭배자들의 판단이 아닌가? 그들은 꼭 이렇게 당신한테 말하면서 입을 다문다. 아! 그러나 그의 서신을 읽어 보세요. 그러면 서신이 얼마나 걸작이고 플로베르가 얼마나 감동을 주는 사람인가를 알게 될 테니!"

나 역시 가끔씩 플로베르의 서신을 되풀이해서 읽곤 한다. 그의 예술관과 다른 이들의 예술에 대한 그의 생각을 무척 알고 싶어서다. 여하튼 그렇다고 해서 서신이, 아무리 매력적이라 할지라도 걸작이나 작품이 되는 것은 아니다. 왜냐하면 소설가가 쓴 모든 것, 편지, 메모, 일기, 논문 전부가 작품이 되는 게 아니니까. 작품은 미학적인 설계도를 따라 아주 긴 작업을 거친 끝에 나오는 것이다.

훨씬 더 깊이 들어가 보자. 작품은 소설가가 결산의 시간에 최종적으로 승인하는 것이다. 왜냐하면 삶은 짧고 독서는 길고 문학은 엄청난 증식으로 인해 자멸하는 중이기 때문이다. 소설가라면 누구나 솔선하여 부차적인 것은 전부 다 잘라 내야만 하고 자신과 타인에게 핵심의 윤리를 권장해야만 한다!

그러나 세상에는 작가만, 그러니까 수백 수천의 작가만 있는 것이 아니다. 정반대되는 윤리를 가지고 전체를 포괄하고자 하는 의도에서, 발견할 수 있는 모든 것을 쌓아 놓는 연구자가 수없이 많다. 초고, 작가가 쫙쫙 줄을 쳐 삭제한 문단, 내버린 장, 산더미처럼 쌓인 이 모든 것을 연구자들이 이른바 ‘고증본’에서 ‘이본’까지, 터무니없는 이름으로 출판을 한다. 여기서 ‘이본’이라 함은(그게 말이 된다면 말이다.) 작가가 쓴 모든 글은 가치가 있고 또 작가에 의해서도 동일하게 승인된 것을 의미한다.

핵심의 윤리가 기록의 윤리에게 자리를 내주었다.(기록의 이상은 거대한 공동 묘지 안이 전체적으로 완만하게 평평하기를 바라는 것이다.)

독서는 길고, 인생은 짧다

나는 프랑스 작가인 한 친구와 대화를 나누다가 곰브로비치의 작품을 꼭 읽어 봐야 한다고 강조했다. 그리고 나중에 그 친구를 다시 만났는데, 그 친구는 나를 보자 난처한 표정을 지었다. "당신 말대로 했어요. 그런데 정말이지 무엇 때문에 당신이 그렇게 열을 냈는지 이해하지 못하겠군요." "무슨 책을 읽었는데요?" "『저주받은 것들』!" "이런 제기랄! 왜 하필이면 『저주받은 것들』이죠?"

『저주받은 것들』은 곰브로비치가 죽은 다음에야 책으로 출판되었다. 이 소설은 곰브로비치가 젊은 시절에 전전(戰前) 폴란드의 한 신문에 필명으로 연재했던 대중 소설이다. 생전에 그는 이 소설을 책으로 출판한 적이 없었다. 그에겐 그럴 의도조차 전혀 없었다. 말년에 도미니크 드 루와 나눈 긴 대담이 『유작』이라는 제목으로 출판된다. 거기서 곰브로비치는 자신의 전 작품을 다 언급한다. 전부 다. 한 권 한 권씩. 그런데도『저주받은 것들』에 대해서는 단 한마디도 안 한다!

내가 말했다. "『페르디두르케』를 읽었어야지! 아니면『포르노그라피아』를 읽든가!"

그러자 그 친구가 우울한 표정으로 나를 쳐다보았다. "친구여, 내 앞에 펼쳐진 인생은 짧아요. 내가 당신의 작가를 위해 쓴 시간 총량이 바닥나 버렸어요."

어린 소년과 그의 할머니

스트라빈스키는 오케스트라 지휘자인 앙세르메와의 오랜 우정을 영원히 저버린다. 앙세르메가 그의 발레 「카드놀이」의 몇 장면을 빼고 싶어 했기 때문이다. 그리고 얼마 후 이번에는 스트라빈스키가 「관악 교향곡」을 다시 살피고는 몇 군데를 고친다. 그 소식을 듣자 바로 앙세르메는 분개한다. 그는 그 수정들을 좋아하지 않았다. 그래서 스트라빈스키에게 아무리 자신이 쓴 곡이라도 그렇게 바꿀 권리가 어디에 있느냐고 이의를 제기한다.

첫 번째 경우처럼 두 번째 경우에도 스트라빈스키는 아주 적절한 대답을 한다. 이보게, 자네하고는 상관없는 일이야! 마치 자네 침실에서 행동하듯이 내 작품을 함부로 다루지 말게나! 작가가 창조한 것은 그의 아빠나 엄마, 그의 나라나 인류에 속한 것이 아니다. 그것은 작가 그 자신에게만 속한다. 그래서 그가 원하면 그 작품을 출판할 수 있고 또 원하면 작품을 바꾸거나 고치거나 늘리거나 줄이거나 변기에 던져 버리거나 아무한테도 사과할 필요 없이 변기 물을 내릴 수도 있는 것이다.

내가 열아홉 살 때 한 대학생이 우리 고향에서 공개 강연을 열었다. 공산주의 혁명 초반에 있었던 일이다. 시대 정신에 맞추어 그 청년은 예술의 사회적 책임에 대해서 말했다. 강연이 끝난 후 토론이 있었다. 내 기억으로는 그때 시인 요세프 카이나르(블라트니와 동시대에 살았던 인물로 그 역시 수년 전에 죽었다.)가 그 이공계 학생의 연설에 대한 답변으로 한 일화를 말했다. 어린 소년이 눈먼 할머니와 산책을 하고 있었다. 길을 걷다가 때때로 그 어린 소년이 이렇게 말한다. "할머니, 조심해, 나무뿌리야!" 그러면 그 나이 든 부인은 숲 속을 걷는 줄 알고 폴짝 뛴다. 지나가는 사람들이 이를 보고 어린 소년을 나무란다. "이놈, 네 할머니를 그런 식으로 모시다니!" 그러자 어린 소년은 대답한다. "내 할머니예요! 내가 하고 싶은 대로 할머니를 모실 거란 말예요!" 그리고 카이나르는 "자, 나와 내 시도 마찬가지입니다."라고 결론을 맺었다. 나는 미숙한 혁명의 심술궂은 시선 아래에서도 당당히 작가의 권리를 외친 이 사건을 영원히 잊지 못할 것이다.

세르반테스의 판결

세르반테스는 자신의 소설에서 여러 번 기사도 관련 서적을 길게 나열했다. 그는 책 제목을 언급하지만 작가의 이름을 가리키는 일은 반드시 필요하다고 생각하지 않는다. 당시는 작가에 대한 존경과 작가의 권리가 아직 관습화되지 않았을 때니까.

자, 함께 기억을 더듬어 보자. 그가 그의 두 번째 소설을 끝내기도 전에 아직까지 무명으로 남아 있는 다른 작가가 자기 나름대로 돈키호테의 일련의 모험을 가명으로 출판함으로써 세르반테스를 앞지른 일이 있다. 이에 세르반테스는 요즘 소설가가 했을 법한 반응을 한다. 그는 아주 격렬하게 그 표절자를 공격하고 거만한 태도로 이렇게 주장한다. "나만을 위해서 돈키호테가 태어난 거야. 그래서 돈키호테에게는 나만 있을 뿐이지. 그는 행동할 줄 알았고, 나는 쓸 줄 알았어.

그렇지만 그와 나는 결국 같은 존재야……."

　세르반테스 이후로 이것이 소설의 최우선적 기본 표지가 된다. 즉 모방할 수 없는 유일한 창작은 작가 단 한 명의 상상력과 불가분의 관계를 맺는 것이다. 돈키호테가 글로 쓰이기 전에는 아무도 돈키호테를 상상할 수 없었다. 그는 의외의 인물 그 자체였다. 그 후로는 이렇게 의외의 인물이 주는 매력 없이는 소설의 어떠한 인물도(그리고 어떠한 소설도) 훌륭하다고 인정받지 못하게 되었을 것이다.

　소설이라는 예술의 탄생은 작가의 권리에 대한 인식과 그 권리의 맹렬한 옹호와 연결되어 있었다. 소설가는 자기 작품의 유일한 주인이다. 그는 자신의 작품이기도 하다. 그러나 늘 그랬던 것은 아니며 앞으로도 언제나 그렇지는 않을 것이다. 그러나 그렇게 되면 세르반테스의 유산인 소설의 기술은 더 이상 존재하지 않을 것이다.

5부   미학과 삶

미학과 삶

사람들이 서로에게 호감을 품거나 혐오를 느끼고, 서로가 친구가 될 수 있고 없고, 이렇게 되는 가장 근본적인 이유는 어디서 찾아야 할까? 『특성 없는 남자』에 나오는 클라리세와 발터는 울리히와 오래전부터 아는 사이다. 소설에서 그들이 처음 등장하는 것은 울리히가 그들 집에 들어가 그 둘이 건반 위에 네 개의 손을 올려놓고 함께 피아노 연주하는 것을 볼 때다. "커다란 주둥이에, 다리가 짧은, 불도그와 닥스훈트의 혼종인 이 우상"은 끔찍한 "확성기, 영혼을 '전체'로 끌어모아 들이며 울부짖는, 발정난 수사슴 같았다." 이렇게 울리히한테 피아노는 그가 가장 싫어하는 모든 것을 합쳐 놓은 형태로 나타난다.

확성기라는 비유는 울리히와 이 부부 사이의 극복할 수 없는 불화를 극명하게 밝혀 준다. 여기서 드러난 불화는 자

의적이고 정당화될 수 없는 것으로 나타나는데 그 이유는 그
것이 어떤 이해관계나 정치적 이데올로기적 종교적 갈등에
서 형성된 것이 아니기 때문이다. 이런 식으로 불화의 원인
을 알아낼 수 없다면, 그것은 불화가 너무 깊게, 당사자들의
미학적 토대에까지 뿌리내리고 있는 것이다. 우리 함께 헤겔
이 한 말을 생각해 보자. 음악은 가장 서정적인 예술이다. 서
정시보다 더 서정적인 예술이다. 소설이 진행되는 내내 울리
히는 그 친구들의 서정성과 계속해서 충돌할 것이다.

　나중에 클라리세는 사형을 언도받았으나 정신병으로 인
한 범죄임을 증명하여 무죄를 받아 내고자 사교계가 애를 쓰
는 살인자 모오스브루거의 소송 사건에 뛰어든다. "모오스브
루거는 마치 음악 같아." 클라리세는 이 말을 도처에서 한다.
이렇게 비논리적인(비논리적인 문장을 제시하는 것이 서정적 정신
에 부합하기 때문에 의도적으로 비논리적인) 문장을 통해서 그의
영혼은 우주를 향해 울부짖으며 동정을 구하는 것이다. 그러
나 이 외침에 울리히는 냉담하기만 하다. 그렇다고 울리히가
한 정신병자의 사형을 바라는 것은 아니다. 단지 그 변호자
들의 서정적 히스테리를 참을 수가 없는 것이다.

　내가 미학 개념에 흥미를 느끼기 시작한 것은 그것들이
삶에 뿌리내리고 있음을 깨닫고서다. 그러니까 미학 개념을
존재의 개념으로 이해했을 때다. 실제로 평범한 사람이건 세
련된 사람이건, 똑똑한 사람이건 멍청한 사람이건 간에 살
면서 지속적으로 아름다운 것, 추한 것, 숭고한 것, 희극적인
것, 비극적인 것, 서정적인 것, 드라마틱한 것, 행위, 대파란,

카타르시스, 또 좀 덜 철학적인 개념들로 말하자면, 근엄한 척하는 행위, 저급한 스타일을 보이는 키치 스타일이나 상스러운 것과 대면하니까. 이러한 모든 개념은 다른 어떤 방법으로도 도달할 수 없는 삶의 다양한 면모들로 인도하는 길이다.

행위

　서사 예술은 행위에 바탕을 두고 있고, 그 행위가 마음
껏 자유롭게 이뤄질 수 있는 모범 사회는 그리스 영웅 시대
의 사회였다. 이상이 헤겔이 말한 바이고 헤겔은『일리아스』
를 통해서 이를 다음과 같이 입증한다. 아가멤논이 왕 중에
서 서열이 가장 높은데도, 다른 왕들과 부족장들은 아가멤논
주변에 자유롭게 모였고 아킬레우스처럼 자유롭게 전쟁터를
떠날 수 있었다. 백성들 역시 본인의 의지에 따라 자기네 통
치자들과 함께 갔다. 백성들을 강제할 어떠한 법률도 존재하
지 않았으니까. 오로지 개별적으로 받은 자극, 명예에 대한
감각, 존경, 가장 강한 자 앞에서 느끼는 겸허, 영웅의 용기
에 대한 매료 등이 사람들의 행위를 결정했던 것이다. 전쟁
터를 떠나는 자유와 마찬가지로 전쟁에 참여하는 자유는 모
두에게 자주성을 보장했다. 이렇게 행위는 개인의 특성을 지

켜 주었고, 그 결과 시적 형식을 갖추게 되었다.

서사시의 요람인 이 고대 시대를 헤겔은, 국가를 구성하고 조직, 법, 재판, 절대 권력을 행사하는 행정, 청사, 경찰 등을 갖춘, 자신이 속한 사회와 대초한다. 이 사회는 도덕적 원칙을 개인에게 부과하기 때문에 개인의 행동은 자신의 인격보다는 외부에서 비롯된 익명의 의지들에 의해 훨씬 더 많은 제약을 받게 된다. 소설이 탄생한 곳은 바로 이런 세계다. 예전에 서사시가 그랬듯이 소설 또한 행위에 바탕을 두고 있다. 그러나 소설에서는 행위가 문제시되고, 다음과 같이 복잡한 문제로 나타난다. 행위가 복종의 결과에 불과한데도 그것은 여전히 행위인가? 그리고 행위와 일상의 반복되는 동작을 어떻게 구분하는가? 또 행위의 가능성이 아주 적은 현대 관료 세계에서 '자유'라는 단어는 엄밀히 말해(in concreto) 무슨 뜻일까?

제임스 조이스와 카프카는 이 문제들의 극한을 건드렸다. 조이스의 거대 현미경은 일상의 자잘한 동작 하나하나를 엄청나게 크게 부풀리는데, 그런 식으로 상당히 평범한 블룸의 하루를 스케일이 큰 현대판 『오디세이아』로 변화시킨다. 측량사로 일하는 K가 한 마을에 가서 그곳에 살 권리를 얻기 위해 싸울 준비를 한다. 하지만 그가 치를 전투의 소득은 참으로 미미할 것이다. 그는 끝없이 이어지는 번거로운 일을 겪은 후에야 겨우, 먼저 무능한 마을 시장에게, 그리고 나서 꾸벅꾸벅 졸고 있는 하급 공무원에게 탄원서를 제출할 수 있을 테니까 말이다. 게다가 일은 더 이상 아무 진전도 없다.

조이스의 현대판 『오디세이아』 옆에 자리하고 있는 카프카의 『성』은 현대판 『일리아스』다. 더는 접근할 수 없었던 공간인 서사 세계의 이면에서 몽환적으로 그려지고 있는 오디세이아와 일리아스.

　백오십 년 전에 로렌스 스턴은 이미 행위의 이와 같은 특성, 즉 문제 제기적이며 역설적인 특성을 파악하고 있었다. 『트리스트럼 샌디』에 나오는 행위들은 극소량에 불과하다. 몇 장 내내 샌디의 아버지는 왼손으로 오른쪽 주머니에 넣어 둔 손수건을 꺼내려 하고, 동시에 오른손으로는 머리에 쓴 가발을 벗겨 내려 한다. 또 몇 장 내내 닥터 슬롭은 트리스트럼의 출생을 위해 필요한 외과용 기구들이 들어 있는 가방의, 너무 여러 번 묶이고 너무 세게 조인 매듭들을 푸는 중이다. 이와 같은 행위의 부재(혹은 행위의 축소)는 목가적 미소(조이스나 카프카는 알지 못할 미소로서 소설사를 통틀어 유일무이한 미소로 남게 될 것이다.)로 다루어진다. 내가 보기에 이 미소에는 다음과 같은 근원적 우수가 있다. 즉 행동하는 자는 이기기를 원한다. 이기는 자는 타인에게 고통을 준다. 그러므로 행위의 포기는 행복과 평화에 이르는 유일한 길인 것이다.

아젤라스트

'근엄한 척하는 태도'는 주변 여기저기서 보이는데 『트리스트럼 섄디』의 인물 중 하나인 목사 요릭은 오로지 '무지나 어리석음을 감추는 망토', 즉 사기 행각만을 목격한다. 그래서인지 이 목사는 '농담과 유머'를 섞어 말을 함으로써 되도록 그런 태도를 물리쳐 버린다. 그러나 이렇게 '경솔한 투로 농을 던지는 것'은 위험하다고 알려져 있다. 실제로 '재치 있는 말을 열 번 정도 할 때마다 백 명가량의 적이 생기는 법'이어서 아젤라스트들(agélastes)의 보복에 저항할 힘이 다 빠진 어느 날, 그는 '자신의 검을 던지고' 결국 '마음에 상처를 입고' 죽게 된다. 그렇다, 로렌스 스턴은 자신의 요릭에 관한 이야기를 하면서 '아젤라스트'라는 단어를 사용한다. 그것은 라블레가 웃을 줄 모르는 이들을 가리키기 위해서 그리스어로 만들어 낸 신조어다. 라블레는 아젤라스트들에게 진저리를 쳤는데, 왜냐하면 그들의 비난으로 인해 '더는 한 글자도 쓰지' 못할 뻔했기 때문이다. 요릭의 이야기는 스턴이 두 세기를 가로질러 자신의 스승에게 건네는 따뜻하고 애정 넘치는 인사인 셈이다.

내가 보기에 참 똑똑하고 정중한 사람들이 있다. 그런데 그들과 있을 때면 나는 불편함을 느낀다. 왜냐하면 나쁘게 보이지 않고, 시니컬하게 비치지 않으며, 그냥 아주 가볍게 던진 말 한마디로 그들에게 상처 주지 않기 위해서 내가 하는 말을 일일이 다 신경 써 가려야 하니까. 그런 사람들은 희극을 참아 내지 못한다. 그렇다고 그들을 비난하려는 게 아니다. 근엄한 척하는 태도가 그들에게 깊이 뿌리박혀 있기 때문에 어쩔 수 없는 것을 아니까. 나 역시 어쩔 수 없는 것이, 그들을 미워하지는 않지만 그래도 그들을 멀리 피하게 된다. 나는 요릭 목사처럼 끝나고 싶지 않으니까.

모든 미학 개념은 ─ 아젤라스티(agélastie)도 미학 개념 중 하나다 ─ 지속적으로 문제를 제기한다. 예전에 이들이 라블레에게 이데올로기적(신학적) 비난들을 격렬하게 쏟아부었던 것은 단지 추상적 도그마에 대한 충성보다 훨씬 더 심오한 라블레의 무언가에 의해 자극을 받았기 때문이다. 그들의 기분을 상하게 했던 것은 미적 부조화였다. 즉 진지하지 않은 것과의 뿌리 깊은 부조화. 부적절한 웃음에 의해 일어난 소란에 대한 분노. 만일 아젤라스트들이 농담 하나하나에서 어떤 신성 모독을 찾아보는 경향이 있다면, 그것은 실제로 그 농담 하나하나가 신성 모독이기 때문이다. 결정적으로 희극과 신성은 양립할 수 없다. 우리는 신성이 어디서 시작하고 어디서 끝나는지에 대해서만 의문을 제기할 수 있다. 신성은 사원에만 있는 것일까? 아니면 신성의 범위는 좀 더 넓어서, 우리가 종교적이지는 않지만 위대한 가치들이라고 하는 것, 모성애, 사랑, 애국심, 인간의 존엄함 역시 가리키고 있는가? 삶은 전적으로 무조건적으로 신성한 것이라 여기는 사람들은 어떤 농담에도 폭발하거나 속을 부글부글 끓이거나 여하간 분개한다. 왜냐하면 어떤 농담일지라도 그것은 그 자체로 삶의 신성성에 모독을 가하는 희극이 되기 때문이다.

아젤라스트를 이해하지 않고서는 희극을 이해할 수 없다. 그들의 삶은 희극에 절대적인 의미를 부여해 희극을 도박이나 위험한 것으로 보이게 하여 희극의 끔찍한 본질을 폭로하니까.

유머

『돈키호테』에서 우리는 중세 소극에나 나올 법한 웃음소리를 듣는다. 우리는 투구 대신에 면도용 대야를 머리에 뒤집어쓴 기사로 인해 웃고, 완패를 당하는 그의 하인 때문에 웃는다. 종종 상투적이고, 종종 잔인한 이런 희극 말고도, 세르반테스는 아주 완전히 다른 희극, 상당히 섬세한 그런 희극을 우리에게 맛보게 한다.

한 친절한 시골 귀족이 돈키호테를 시인인 아들과 함께 살고 있는 자신의 영지로 초대한다. 아버지보다 명석한 아들은 이 방문객의 내면에 도사린 광기를 금세 알아채고는 그와 노골적으로 거리를 둔다. 나중에 돈키호테는 그 젊은이에게 자작시를 낭송해 달라고 청한다. 예의를 차려 아들은 돈키호테의 청을 따르고 돈키호테는 그 아들의 재능에 대해서 엄청난 찬사를 늘어놓는다. 그 찬사에 기분이 좋아져 행복해진 아들은 방문객의 명석함에 넋을 잃고는 일순간에 그의 광기를 잊고 만다. 그렇다면 명석한 이에게 찬사를 보내는 미치광이와 미치광이의 찬사를 믿는 명석한 이, 둘 중 누가 더 미치광이일까? 이렇게 우리는 더 섬세하고 너무나도 귀중한 다른 차원의 희극을 경험했다. 우리는 누군가가 우스꽝스럽게 되고, 조롱받거나, 심지어 치욕스러운 상태에 빠지기 때문에 웃지 않는다. 대신에, 한 현실이 느닷없이 모호한 상태로 드러나고, 사물이 자기 본연의 명백한 의미를 잃으며, 우리 앞에 있는 사람이 그 자신이 생각하는 존재가 아니기 때문에 웃는다. 자, 이게 유머(옥타비오 파스에 의하면, 세르반테스에게서 나온, 현대의 '위대한 발명'인 유머)다.

유머는 우리를 웃기기 위한 어떤 상황이나 이야기가 희극적으로 전개될 때 번쩍하고 뿜어 나오는 섬광이 아니다. 유머의 은밀한 빛은 삶이라는 광대한 풍경 전체에 뻗어 있다. 영화를 되감듯이 방금 이야기했던 장면을 다시 보도록 하자. 친절한 귀족은 돈키호테를 자기 성으로 데려가 아들에게 소개한다. 아들은 서둘러 이 괴상한 방문객에게 자신의 신중함과 우수성을 보이고자 한다. 그러나 이번에 우리는 다 알고 있다. 우리는 이미 돈키호테가 그 젊은이의 자작시들에 찬사를 보내자 그가 자기도취적 기쁨에 빠진 것을 봤으니까. 지금 이 장면의 첫 부분을 다시 보니까 아들이 나이에 걸맞지 않게 거드름을 피우며 행동하는 것이 바로 나타난다. 그러니까 처음부터 희극적으로 보인다. 바로 이런 식으로 어른은 세상을 본다. 어른이라 하면 이전에 '인간 본성'이 어떤지 산전

수전을 다 겪어 봐서 (이미 본 영화를 되감아 다시 보는 듯한 느낌
으로 세상을 바라보고) 인간들의 근엄한 태도를 심각하게 여기
길 오래전에 그만둔 존재니까.

그리고 우리에게 비극이 사라졌다면

고통스러운 경험들 끝에 크레온은, 국가를 책임지는 자들에겐 사사로운 감정을 억제할 의무가 있음을 알게 되었다. 이를 너무나도 확신한 탓에, 그는 그에 맞서 사회의 의무만큼이나 개인의 정당한 의무를 옹호하는 안티고네와 목숨을 건 싸움을 시작한다. 그가 완강하게 밀고 나감으로써 그녀는 죽고, 그 죄책감에 짓눌린 그는 '두 번 다시 내일을 맞이하지 않기를' 바란다. 『안티고네』는 비극에 대한 훌륭한 고찰을 할 수 있도록 헤겔에게 영감을 주었다. 두 주인공은 서로 대립한다. 각각은 부분적이고 상대적이지만 그 자체로만 보면 전적으로 옳은 진리에 단단하게 연결되어 있다. 각각은 진리를 위해서라면 자신의 목숨까지 희생할 각오가 되어 있지만, 진리의 승리를 얻기 위해서는 상대편을 완전히 파괴해야만 한다. 이처럼 두 주인공 모두 정의로우면서 동시에 잘

못을 저지르고 있다. 헤겔은 말한다. 죄를 짓는 것이야말로 위대한 비극적 인물들의 영예가 된다고. 죄책감을 양심 깊이 느낌으로써 미래의 화해가 가능해지는 것이다.

인간의 크나큰 싸움을 선악의 다툼으로 보는 고지식한 해석에서 벗어나도록 하는 것, 이 싸움을 비극의 조명 아래서 이해하는 것, 이것은 정신이 이룬 엄청난 성과였다. 이 성과로 인해 인간이 따르는 진리의 숙명적 상대성이 드러났다. 그리고 적을 정당하게 평가할 필요를 고통스럽게 느끼게 되었다. 하지만 도덕적 흑백논리의 생명력을 꺾어 버리지는 못했다. 전쟁 직후 프라하에서 봤던 『안티고네』 번안극이 생각난다. 비극의 비극성을 죽여 버린 작가는 크레온을 자유를 수호한 영웅을 짓밟아 버린 가증스러운 파시스트로 그리고 있었다.

『안티고네』를 이처럼 정치적으로 구현한 작업들이 2차 세계대전 직후 상당히 유행했다. 히틀러는 유럽에 형용할 수 없는 공포를 가져다주었을 뿐만 아니라 유럽 비극이 나아가야 할 방향마저 뒤틀어 놓았다. 아마도 그때부터 동시대의 정치사 전부는, 나치주의에 대항하는 전투를 모범으로 삼아 선악 대결의 싸움으로 간주되고 또 그런 식으로 만들어졌을 것이다. 전쟁, 민중 봉기, 혁명, 반혁명, 민족 전쟁, 저항과 억압들은 비극의 영역에서 쫓겨나 징벌을 내리고 싶어 안달이 난 재판관들의 권위에 휘둘리며 신속하게 처리되었다. 이것은 퇴화일까? 비극 이전의 단계로 인류가 다시 추락한 것일까? 그런데 이 경우에는 무엇이 퇴화되었던 것일까? 범죄자들에 의해 찬탈되어 버린 역사 그 자체일까? 아니면 역사를 이해하는 우리의 방식일까? 나는 종종 우리에게 비극이 사라졌구나라고 생각한다. 그렇다면 그것이야말로 진정한 징벌일 것이다.

탈영병

호메로스는 그리스인들이 트로이를 포위하고 공격하도록 이끌었던 이유에 의문을 제기하지 않는다. 하지만 몇 세기 간격을 두고 같은 전쟁을 바라보고 있는 에우리피데스는 헬레네를 숭앙하기는커녕 이 여자의 가치와 그녀를 위해 희생된 수많은 목숨이 이루는 불균형을 보여 준다.『오레스테스』에서 그는 아폴론으로 하여금 "신들은 그리스인과 트로이인이 서로 싸워서, 북적북적거리는 너무 많은 인간들을 대량 학살하여 그곳 땅에 여유가 생길 수 있도록, 딱 그 정도로 헬레네가 아름답기만을 원했을 뿐이야."라고 말하게 만든다. 갑자기 모든 것이 명백해진다. 가장 유명한 그 전쟁의 의미에 뭔가 엄청난 이유 같은 것을 덧붙일 필요는 없었다. 그 전쟁의 유일한 목적은 대량 학살이었으니까. 그렇다면 이 경우에도 우리는 비극에 대해서 말할 수 있을까?

1차 세계대전의 진짜 이유가 무엇이었는지 사람들에게
물어보라. 그 어마어마한 도살이 최근에 와서야 과거가 된
20세기 전반과 그 모든 악의 뿌리에 있다 할지라도, 그 누구
도 대답할 바를 알지 못할 테니 말이다. 최소한 누구라도 유
럽인들이 한 얼간이의 영예를 구하려고 그렇게 서로 죽이고
죽었다고 우리에게 말해 줄 수 있다면!

에우리피데스는 트로이 전쟁을 희화하는 데까지 도달하
지는 못했다. 그러나 소설은 과감하게 그 한계를 뛰어넘었
다. 하셰크의 병사 슈베이크는 이의를 제기하진 않지만 전쟁
을 하는 이유가 자신과 별 관계 없다고 느낀다. 사실 그는 그
이유를 모른다. 게다가 이유를 알려고도 하지 않는다. 전쟁
은 끔찍한 것이나 그는 전쟁을 심각하게 여기지 않는다. 사
람들은 의미 없는 것에 대해 심각하게 생각하지 않으니까.

역사와 역사의 거창한 명분들과 그 영웅들이 사소하게,
심지어는 희극적으로 보일 때가 있다. 하지만 이런 식으로
역사를 지속적으로 바라보는 일은 어렵고 비인간적이며 게
다가 초인간적이다. 아니, 어쩌면 탈영병들에게는 이 일이
가능할지도 모르겠다. 슈베이크는 탈영병이다. 그 용어의 법
률상 의미(군대를 불법적으로 이탈한 사람)로서가 아니라 대규
모의 집단 싸움에 대해 그가 보이는 철저한 무관심에서 그렇
다. 정치적, 법률적, 도덕적, 어느 모로 보나 탈영병은 유쾌
하지 못한 존재, 벌을 받아야 마땅한 존재, 겁쟁이와 배반자
에 속하는 존재로 보인다. 하지만 소설가의 시선은 그를 다
른 식으로 바라본다. 동시대인들이 벌이는 싸움에 어떤 의미

를 부여하기를 거부하는 자로 말이다. 그는 엄청난 살육의 현장에서 비극적 위대함을 보고 싶어 하지 않는다. 역사가 벌이는 코미디에 어릿광대로 출현하기를 싫어한다. 사물에 대한 그의 이해는 종종 명석하다. 아주 통찰력이 있다. 그러나 그러한 이해로 인해 그의 자리가 위태로워진다. 그의 동료들과의 연대가 힘들어진다. 또 인류와도 멀어진다.

(1차 세계대전 기간 전 체코인은 합스부르크 제국이 그들을 내보내 싸우게 했던 전쟁의 목적이 자신들과는 무관하다고 느꼈다. 그러니 슈베이크는 탈영병 중에서도 예외적인 탈영병이었다. 행복한 탈영병이었다. 그가 자기 나라에서 지금도 누리고 있는 엄청난 인기를 생각하면, 이런 종류의 집단적 대규모 상황들, 즉 드물게 일어나고 거의 은밀하게 진행되어 다른 나라 사람들과 공유할 수 없는 이러한 상황들이 한 나라의 존재에 그 이유를 제공해 줄 수 있다는 생각이 든다.)

비극의 연쇄

하나의 행위는, 그것이 아무리 순수한 것일지라도 정적 속으로 사라지지 않는다. 그것의 결과로서 또 다른 행위가 일어나 사건들의 연쇄 전체를 흔들어 놓는다. 이처럼 셀 수 없는 끔찍한 변화를 초래하며 계속 이어지는 행위에 대한 인간의 책임은 어디서 끝이 날까? 『오이디푸스 왕』의 결말 부분에 나오는 긴 연설에서 오이디푸스는 예전에 자신의 부모가 없애 버리고자 했던 어린 몸뚱이를 살려 놓은 사람들을 저주한다. 그리고 형용할 수조차 없는 악을 촉발했던 맹목적 선행을 저주한다. 좋은 의도가 아무 역할도 하지 못하는 행위들의 연쇄도 저주한다. 또 모든 인간 존재를 하나로 묶어서 비극적인 한 인류를 만드는 이 무한한 연쇄를 저주한다.

오이디푸스는 죄인인가? 이 단어를 법률 용어로 풀이하는 것은 여기서 아무 의미도 없다. 『오이디푸스 왕』의 결말에서 오이디푸스는 이오카스테의 옷에 달려 있던 브로치로 두 눈을 후벼 뽑아낸다. 그의 입장에서 그가 자신에게 실행하려고 하는 행위는 정당할까? 자신을 벌주고자 하는 의지인가? 아니, 그보다는 절망의 외침이 아닐까? 자신이 그 원인과 대상이 되고 있는 무시무시한 상황들을 더 이상 보지 않으려는 욕망? 그렇다면 그것은 정의 실현의 욕망이 아닌 무(無)화의 욕망이 아닐까? 소포클레스가 우리에게 남긴 최고의 희곡, 『콜로노스의 오이디푸스』에서 오이디푸스는 장님이 된 상태로 등장해 크레온의 고발에 맞서 강하게 자신을 변호하고 자신과 동행한 안티고네의 지지를 받으며 무죄를 주장한다.

　나는 예전에 공산당원인 정치가들을 관찰할 기회가 있었다. 그 와중에 그들이 한 행위들이 걷잡을 수 없는 결과를 연쇄적으로 낳는 것을 바로 면전에서 지켜보고 그 행위들의 진실성에 대해 그들이 극단적으로 비판을 가하는 것을 종종 목격했는데 얼마나 놀랐는지 모른다. 그들이 정말 그렇게 통찰력을 지니고 있다면, 한번 말해 보라. 왜 그 문을 박차고 나가 꽝 하고 닫아 버리지 않은 것인가? 기회주의적 성향 때문이었을까? 권력을 사랑해서? 두려워서? 어쩌면 그럴 수도 있다. 하지만 그렇다고 적어도 그중 어떤 이들은 행위에 책임을 지고자 했다는 점까지 배제할 수는 없을 것이다. 예전에 그들이 세상 밖으로 흘러가게 도왔던 그 행위, 수정할 수 있고 그 방향도 바꿀 수 있으며 어떤 의미를 다시 부여할 수 있으리라는 희망을 늘 품고 있으면서, 자신들이 그 행위를 일으킨 장본인임을 굳이 부인하고 싶어 하지 않았던 그 행위

에 대해서 말이다. 그러나 이 희망이 환상에 불과하다는 것
이 밝혀질수록 그들 삶의 비극성은 더욱더 부각되었다.

지옥

　헤밍웨이는 『누구를 위하여 종을 울리나』의 10장에서 파시스트들에게 점령되었던 한 소도시를 공화군들(남자로서 또 작가로서 그가 공감대를 나누는 이들은 바로 공화군들이다.)이 탈환한 날에 대해서 말한다. 공화군들은 재판도 없이 스무 명가량의 사람들에게 유죄 판결을 내린 다음 그들을 죽음이 기다리는 곳으로 끌고 간다. 그사이에 다른 공화군들이 도리깨, 쇠스랑, 낫으로 무장한 남자들을 다시 모아 놓고 죄인들을 처형하기 위해서 기다린다. 죄인들? 그중 대부분은 억지로 파시스트 당에 가입한 죄밖에 없기 때문에, 그들을 잘 알고 미워하지 않는 순박한 사람들로 이뤄진 사형 집행인들은 처음에 주저주저하고 형을 망설인다. 겨우 알코올의 힘을 빌려서 또 피 맛에 자극을 받고 나서야 그들은 흥분하기 시작한다. 그리고 결국 모든 것이 지옥이 되어 버리고 마는 잔인하고 끔찍한 일들이 마구 자행되는 장면에까지 이르게 된다.(이 장면의 자세한 묘사가 소설에서 거의 열 쪽가량 이뤄진다.)

미학 개념들은 끊임없이 질문들로 변형된다. 나는 자문한다. 역사란 비극인가? 이를 다른 식으로 말해 보자. 비극의 개념은 개인의 운명 밖에서 의미를 갖는가? 역사가 군중, 군대, 고통과 복수를 자극할 때면 우리는 개인의 의지를 구별해 낼 수 없다. 세상을 덮어 버린 시궁창의 범람이 비극을 완전히 삼켜 버리는 것이다.

부득이한 경우 우리는 공포의 파편들에 감추어진 비극성을, 진리를 위해 자신의 삶을 희생할 용기를 가졌던 이들이 받은 최초의 충격에서 찾아낼 수 있다.

그러나 어떠한 고고학적 발굴 작업으로도 비극의 아주 작은 잔해조차 찾아내지 못하는 공포도 있다. 돈 때문에 일어난 살육. 더 끔찍한 경우는, 환상을 좇다가 벌어진 살육. 이보다 더 심한 경우는, 어리석음 때문에 일어난 살육.

지옥(이 세상의 지옥)은 비극이 아니다. 어떠한 비극적 흔적도 없는 공포, 그것이 바로 지옥이다.

6부   찢어진 커튼

가련한 알론소 키하다

별 볼일 없는 시골 귀족 알론소 키하다는 편력 기사가 되기로 결심하고 스스로에게 라만차의 돈키호테라는 이름을 붙인다. 그렇다면 그의 정체성을 어떻게 규정할 수 있을까? 그는 그가 아닌 사람이다.

그는 이발사의 면도용 놋대야를 투구라고 생각하고 빼앗는다. 이발사는 나중에 우연히 돈키호테가 있는 객줏집에서 자기 대야를 보고는 그것을 되찾으려 한다. 그러나 돈키호테는 당당히 자신이 쓴 투구가 면도 대야가 아니라고 한다. 언뜻 보기에는 매우 간단한 것 같은 물건이 이제 문젯거리가 된다. 하기야 머리에 쓴 면도 대야는 투구가 아니라는 것을 어떻게 증명할 것인가? 함께 있던 짓궂은 무리들은 재미있어 하면서, 진실을 증명할 유일한 객관적인 방법을 찾아낸다. 바로 비밀투표다. 그 자리에 있던 모든 사람들이 이 투표에 참여한다. 결과는 너무도 분명하다. 그 물건은 투구로 인정받는다. 그야말로 경탄할 만한 존재론적 농담이다!

돈키호테는 둘시네아를 사랑한다. 사실 그는 그녀를 스쳐 가며 봤거나 어쩌면 한 번도 본 적이 없다. 사랑에 빠지긴 했지만 그건 자기 스스로도 말하듯이, 단지 "편력 기사라면 마땅히 그래야 하기 때문"이다. 부정과 배신, 사랑의 환멸은 아주 오랜 옛날부터 모든 서사 문학에 등장한다. 그런데 세르반테스에게는 연인들이 아니라 사랑 자체, 사랑의 개념 그 자체가 문제가 되는 것이다. 알지도 못하는 여자를 사랑한다면 사랑이란 도대체 무엇일까? 단순히 사랑하기로 결정하는 것일까? 아니면 단지 모방에 지나지 않는 것일까? 우리 모두는 이 문제와 관련이 있다. 어린 시절부터 사랑의 예들을 보고 따르지 않는다면 우리는 사랑한다는 게 무엇인지 알 수 있을까?

한 보잘것없는 시골 귀족 알론소 키하다는 존재에 대한 세 가지 질문과 함께 소설이라는 예술의 역사를 열었다. 개인의 정체성이란 무엇인가? 진실이란 무엇인가? 사랑이란 무엇인가?

찢어진 커튼

1989년 이후에 나는 다시 한 번 프라하를 방문했다. 친구의 서재에서 양차 대전 사이의 체코 소설가 야로미르 존의 책을 우연히 집어 들었다. 이미 오래전에 잊힌 소설이었다. 제목은 『폭발하는 괴물』. 나는 그 책을 그날 처음 읽었다. 1932년에 쓰였는데 그로부터 십여 년 전쯤, 그러니까 1918년 독립을 선포한 체코 공화국의 첫 몇 해 사이에 일어난 이야기를 다뤘다. 합스부르크 왕가의 구체제 아래에서 삼림 고문이었던 엥겔베르트 씨는 은퇴 생활을 위해 프라하로 이사한다. 하지만 새 정부의 요란한 현대성에 부딪히면서 실망에 실망을 거듭한다. 뻔한 상황이다. 그런데 한 가지 참신한 것이 있다. 현대적인 세상이 주는 공포, 엥겔베르트 씨의 불행은 돈의 힘이나 출세주의자들의 오만함 때문이 아니라 소음 때문이다. 폭풍우나 망치 소리 같은 예전의 소음이 아니라

모터, 특히 자동차와 오토바이, '폭발하는 괴물'의 소음.

가련한 엥겔베르트 씨는 우선 주거 지역의 한 빌라에 정착한다. 거기에서 처음으로 자동차로 인한 고통을 맛보게 되고 이 고통 때문에 앞으로 그의 삶은 끝없는 도주가 된다. 그는 다른 거리로 이사하면서 자동차의 출입이 금지된다는 점에 만족스러워한다. 하지만 출입 금지가 일시적이었다는 사실을 몰랐던 것이다. 밤마다 '폭발하는 괴물'이 창문 아래에서 부르릉거리는 소리를 들으니 울화통이 치민다. 그때부터 자러 갈 때면 반드시 솜으로 귀를 틀어막는다. 그리고 "잠은 인간의 가장 기본적인 욕구이며 잠을 못 자서 죽게 되는 것이야말로 가장 끔찍한 죽음임에 틀림없다"는 사실을 깨닫는다. 그는 고요를 찾아다닌다. 시골 호텔로,(소용없다.) 지방에 있는 옛 친구들의 집으로.(소용없다.) 그리고 마침내는 기차 안에서 밤을 보내게 된다. 낡아 빠진 부드러운 소리를 내는 기차는 쫓겨 다니는 남자의 삶에 비교적 평화로운 잠을 선사한다.

존이 이 소설을 썼을 때는 아마 자동차가 프라하 사람 백 명, 혹은 천 명당 한 대 정도 있었을 것이다. 소음(모터의 소음)이 지극히 놀라운 새로운 현상으로 나타난 그때는 확실히 그것이 아직 흔치 않았다. 여기서 일반적인 규칙을 끌어내 보자. 사회 현상의 실존적 영향력은 그것이 팽창할 때가 아니라 더할 나위 없이 미약한 상태인 초창기에 가장 날카롭게 인지될 수 있다. 니체는, 16세기에 교회의 타락이 가장 덜한 곳은 독일이었고 그렇기 때문에 바로 그곳에서 종교 개혁이 일어났음을 지적한다. 오직 "타락의 초기에만 타락을 참을 수 없다고 느끼기" 때문이다. 카프카 시대의 관료주의는 오늘날과 비교할 때 순진한 어린아이에 지나지 않았다. 하지만 카프카는 관료주의의 끔찍함을 간파했고 그 후로 관료주의는 일상적이 되어 이제는 아무도 관심을 갖지 않는다. 1960년대에는 뛰어난 철학자들이 '소비 사회'에 비난을 퍼부었지만 해가 감에 따라 현실이 이 비난을 훨씬 뛰어넘어 버린 나머지 그러한 주장을 내세우는 게 오히려 어색하게 느껴진다. 사실 또 다른 일반 규칙을 상기시켜야 할 것이다. 어떤 현실이 전혀 부끄러움 없이 되풀이된다면, 그 반복되는 현실에 직면한 사상은 결국 언제나 입을 다물게 되는 법이다.

1920년의 엥겔베르트 씨는 '폭발하는 괴물'의 소리에 깜짝 놀랐다. 다음 세대는 그것을 당연하게 생각했다. 엥겔베르트 씨를 두렵게 하고 고통스럽게 했던 소음이 차츰차츰 인간을 개조한 것이다. 언제 어디에나 존재함으로써 결국 인간에게 소음의 필요성을 각인했고, 그와 더불어 자연, 휴식, 기쁨, 아름다움, 음악,(음악은 끊임없는 배경음악이 되어 버려 그 예술적 성격을 잃었다.) 심지어 말(말은 소리의 세계에서 이제 더 이상 예전처럼 우위를 차지하지 않는다.)에 대해서조차 전혀 다른 태도를 갖게 만들었다. 존재의 역사에서 이것은 너무나 깊고 영구적인 변화여서 어떤 전쟁이나 혁명도 이에 버금가는 변화를 낳을 수 없다. 야로미르 존은 그 변화의 시작을 조용히 주목하고 묘사했던 것이다.

내가 '조용히'라고 말한 것은 존이 소위 비주류 소설가에 속하는 사람이기 때문이다. 하지만 위대하든 그렇지 않든 간에 그는 진실한 소설가다. 그는 선해석의 커튼에 수놓인 진실들을 그대로 베끼지 않았다. 세르반테스와 같이 용기 있게 그 커튼을 찢었다. 엥겔베르트 씨를 소설 밖으로 끌어내서, 이제 막 자서전을 쓰기 시작하는 실제 인물이라고 상상해 보자. 이 자서전은 물론 존의 소설과는 전혀 닮지 않았다! 대부분의 동시대 사람들과 마찬가지로 엥겔베르트 씨도 세상 앞에 둘러쳐진 커튼에 적힌 대로 삶을 판단하는 데 길들었기 때문이다. 그는 소음이라는 현상이 비록 매우 불쾌하기는 하지만 관심을 끌 만한 일은 아니라는 것을 알고 있다. 반면 자유라든가 독립, 민주주의, 혹은 다른 각도에서 봤을 때 자본주의, 착취, 불평등이야말로 진정으로 관심을 끌 만한 것들이다. 백번이고 그렇고말고! 그런 것들이야말로 운명에 의미를 부여하고 불행을 고귀하게 만들어 주는 중대한 개념들이다! 귀에 솜을 틀어넣고 써 내려갈 모습이 눈에 선한 자서전에서 그는 또, 되찾은 조국의 독립에 굉장한 가치를 두고 출세주의자들의 이기심을 비난한다. '폭발하는 괴물'에 대해서는 페이지 아래쪽에 처박아 놓고, 결국 우스갯소리에 지나지 않고 대수롭지도 않은 골칫거리로 간단히 언급할 뿐이다.

비극의 찢어진 커튼

알론소 키하다의 모습을 다시 한 번 떠올려 보고자 한다. 로시난테에 올라타고 위대한 전투를 찾아 떠나는 그를 보자. 그는 고상한 명분을 위해 목숨을 바칠 각오다. 하지만 비극은 그를 필요로 하지 않는다. 사실 소설은 그 태생에서부터 비극을 경계하니까. 위대함에 대한 숭배와 연극적 기원과 삶의 산문성에 대한 무지를 경계한다. 가엾은 알론소 키하다. 그의 슬픈 얼굴 옆에서 모든 것은 희극이 된다.

프랑스 대혁명을 배경으로 하는 소설 『1793년』(1874)을 쓴 빅토르 위고만큼 비극적 페이소스에 매혹당한 소설가는 아마 없을 것이다. 분장을 하고 의상을 차려입은 세 주인공은 무대에서 소설로 곧장 넘어온 듯한 인상을 준다. 열정적으로 왕정에 충성하는 랑트나크 후작, 그에 못지않게 혁명의 진리를 확신하는 혁명의 주요 인물 시무르댕, 마지막으로 시무르댕의 영향으로 혁명군의 장군이 된 귀족이자 랑트나크의 조카 고뱅.

이 세 주인공의 결말은 이렇다. 혁명군에게 포위된 성 안에서 지독히 잔인한 전투 중에 랑트나크는 비밀 통로로 탈출하는 데 성공한다. 그리고 이미 포위군들에게서 벗어나 안전해진 후, 불길에 휩싸인 성을 보면서 한 어머니의 오열하는 소리를 듣는다. 그와 동시에, 한 혁명군 가족의 아이들 셋이 철문 뒤에 인질로 갇혀 있음을 떠올리고 자기 주머니 안에 그 문의 열쇠가 들었음을 깨닫는다. 그는 벌써 남자, 여자, 노인 할 것 없이 수백 명의 시체들을 보아 왔지만 한 번도 흔들리지 않았다. 하지만 아이들의 죽음만은 절대로, 결단코 허용할 수 없다! 그는 다시 지하 통로로 들어가서는 깜짝 놀란 적들이 보는 앞에서 아이들을 불길로부터 벗어나게 해 준다. 그리고 체포되어 사형을 선고받는다. 삼촌의 영웅적 행동을 알게 되자 고뱅의 도덕적 확신이 흔들린다. 아이들의 목숨을 구하기 위해 스스로를 희생한 사람은 용서받을 만한 가치가 있지 않은가? 고뱅은 그렇게 하면 자기가 유죄 선고를 받으리라는 것을 알면서 랑트나크의 탈출을 돕는다. 엄격한 혁명의 도덕에 충실한 시무르댕은 고뱅을 친아들처럼 사랑하지만 그를 정말 단두대로 보낸다. 고뱅에게 사형 판결은 당연한 것이고 그는 차분하게 받아들인다. 단두대의 칼이 내려오기 시작하는 순간 위대한 혁명가 시무르댕은 총으로 심장을 쏘아 자살한다.

자신의 신념을 위해서 죽음을 각오할 뿐 아니라 실제로

죽기까지 하는, 신념과 인물의 전적인 일체화가 바로 이 인물들을 비극 배우로 만드는 것이다. 이보다 오 년 전에 쓰였고 마찬가지로 혁명(1848년 혁명)을 다룬 『감정 교육』(1869)은 비극과는 완전히 다른 측면에 있는 세계에서 일어난다. 인물들은 각자 자기 생각이 있지만 그것은 가볍고, 중요하지도 않고, 필요하지도 않은 생각일 뿐이다. 그들은 쉽게 생각을 바꾼다. 깊이 있는 지적 재검토를 통해서가 아니라, 단지 색깔이 마음에 들지 않는다고 넥타이를 바꾸듯이 말이다. 자기 신문에 투자하기로 약속했던 1만 5000프랑을 거부당했을 때의 델로리에를 보자. "프레데리크를 향한 우정이 죽어 버렸다. (……) 부자들에 대한 증오가 그를 사로잡았다. 그는 세네칼의 사상 쪽으로 기울어 그를 돕기로 결심했다." 아르누 부인이 정절 때문에 자신의 기대를 저버렸을 때의 프레데리크도 그렇다. "델로리에처럼 세상의 전복을 소망했다."

가장 열정적인 혁명가, '민주주의자', '대중의 친구' 세네칼은 공장 사장이 되고 직원들을 거만하게 대한다. 프레데리크: "아! 민주주의자치고는 참 빡빡하시군!" 세네칼: "민주주의는 개인주의의 방종이 아니야. 그것은 법 아래 평등한 계급, 일의 분배, 질서라고!" 그는 1848년 혁명 기간에 다시 혁명가가 된다. 그러고 나서는 또 손에 무기를 들고 이 혁명을 진압한다. 그렇다고 해서 그가 옷을 바꿔 입는 데 익숙한 기회주의자라는 평가는 정당하지 않다. 혁명가이든 반혁명가이든 그는 언제나 같은 사람이니까. 왜냐하면 (이것이야말로 플로베르의 대단한 발견인데) 정치적 태도의 근거가 되는 것은 사상(너무나 연약하고 어렴풋한 그것!)이 아니라 덜 이성적이고 더 견고한 어떤 것이기 때문이다. 예를 들자면 세네칼에게는 질서에 대한 원형적 집착, 개인(그의 말에 따르자면 "개인주의의 방종")에 대한 원형적 증오가 그것이다.

인물에 대한 도덕적 판단은 플로베르와는 가장 무관한 일이다. 프레데리크나 델로리에는 신념이 없다고 해서 비난이나 반감을 사지 않는다. 하기야 그들은 비겁함이나 파렴치와는 거리가 멀고 때때로 용감히 행동해야 할 필요를 느끼기도 한다. 혁명의 날, 군중 사이에 있던 프레데리크는 자기 옆에서 허리에 총알을 맞은 남자를 보고 "격분하여 앞으로 몸을 던졌"다. 하지만 그런 것들은 영구적인 태도로 바뀌지 않을 일시적 충동에 지나지 않는다.

모든 인물 중에 가장 고지식한 인물인 뒤사르디에만이 유일하게 자신의 이상을 위해 죽는다. 그러나 이 소설에서 그의 위치는 부차적인 데 지나지 않는다. 비극에서는 비극적 운명이 전면을 차지한다. 플로베르의 소설에서는 무대 저 안쪽에서 길을 잃은 빛처럼 잠깐 스쳐 지나가는 그것을 어렴풋이 볼 수 있을 뿐이다.

요정

올워디 영주는 어린 톰 존스를 양육하기 위해 가정교사 두 명을 고용한다. 스퀘어는 자유사상과 과학, 철학에 개방적인 현대적 인물이고 다른 한 사람, 스와컴 목사는 보수주의자로서 오직 종교의 권위만을 인정한다. 두 사람 모두 학식은 있지만 악독하고 어리석다. 그들은 『마담 보바리』에 등장하는, 과학과 진보에 푹 빠진 약사 오메와 편협한 신앙심을 가진 신부 부르니지앵의 음울한 이중창을 완벽하게 예시한다.

어리석음이 삶에서 하는 역할에 대해 필딩이 아무리 민감했다 할지라도, 그는 그것을 단지 예외적이고 우연한 것으로, (고약하거나 우스꽝스러운) 결점으로, 즉 자신의 세계관을 심각하게 변화시킬 힘은 없는 것으로 보았다. 플로베르에게서 어리석음은 그와 다르다. 그것은 예외도, 우연도, 결점도 아니다. 말하자면 교육으로 고칠 수 있는, 지성의 어떤 분자가 부족해서 생기는 양적 현상이 아니다. 그것은 고칠 수 없다. 천재나 바보나 모든 사람의 생각 속 어디에나 존재하는 ‘인간 본성’과 떼려야 뗄 수 없는 부분인 것이다.

생트뵈브가 플로베르에게 했던 비난을 기억해 보자.『마담 보바리』에는 “선이 너무 결여되어 있다.” 뭐라고? 그렇다면 샤를 보바리는 어떻게 되는가? 자기 아내와 환자들에게 헌신적이고 이기심이라고는 없는 그가 선의의 순교자, 영웅이 아니라고? 엠마가 죽고 나서 그녀의 부정을 전부 알게 된 후에도 아무런 분노도 느끼지 않고 단지 한없이 슬퍼하기만 했던 그 남자를 어떻게 잊을 수 있겠는가? 그가 마구간 하인 이폴리트에게 시술해 주었던 안짱다리 수술을 어떻게 잊을 수 있겠는가? 그때 천사들은 모두 그의 위를 날고 있었다. 자비, 너그러움, 진보에 대한 사랑! 모든 사람이 그를 칭찬했고 엠마조차 선에 매료되어 감동해서 그에게 키스했다. 며칠 후 수술이 엉터리였음이 드러나고 말로 다 할 수 없는 고통을 겪은 이폴리트는 다리를 절단하게 된다. 샤를은 기가 꺾이고 모든 사람들로부터 비장하게 버려진다. 믿기지 않도록 착하지만 너무나 현실적인 인물인 그는 물론, 생트뵈브를 그토록 감동시켰던 ‘활동적 자선가’보다 훨씬 더 동정을 받을 만하다.

아니,『마담 보바리』에 “선이 너무 결여되어 있다”는 것은 사실이 아니다. 난점은 다른 데 있다. 거기에는 어리석음이 너무 충만한 것이다. 바로 그것 때문에 샤를은 생트뵈브가 보고 좋아했을 '멋진 장면'에 쓰일 수 없는 것이다. 그러나 플로베르는 '멋진 장면'을 만들려고 하지 않았다. 그는 '상황들의 정수'에 도달하고자 했다. 상황들의 정수, 모든 인간사의 정수에. 그는 어디에서나 어리석음이라는 연약한 요정이 춤추고 있음을 본다. 눈에 잘 띄지 않는 이 요정은 선도 악도, 지식도 무지도, 엠마도 샤를도, 당신도 나도, 있는 그대로 훌륭하게 받아들인다. 플로베르는 이 요정을 존재의 커다란 수수께끼라는 무도회에 초대했다.

농담의 검은 밑바닥까지 내려가기

플로베르가 『부바르와 페퀴셰』의 초안을 투르게네프에게 이야기하자 그는 곧 그 이야기를 아주 간단하게 다루라고 권했다. 노거장의 훌륭한 충고였다. 사실 이 이야기는 짧은 형태로 쓰일 때에만 그 희극적 효과를 유지할 수 있기 때문이다. 길어지면 단조롭고 지루해지며 완전히 부조리해지기까지 한다. 하지만 플로베르는 계속 고집한다. 그는 투르게네프에게 이렇게 설명한다. "(이 주제를) 짧게, 간결하고 가볍게 다룬다면 다소 재치 있긴 하지만 영향력도, 개연성도 없는 독특한 작품이 되겠지요. 반면 세세하게 파고들고 발전시켜 간다면 이야기가 신빙성 있어 보일 테고 심각한, 심지어 끔찍하기까지 한 것을 만들어 낼 수 있어요."

카프카의 『소송』도 이와 비슷한 예술적 내기 위에 만들어졌다. 첫 번째 장(카프카가 친구들에게 읽어 주었을 때 그들이 매우 재미있어 했던 장)은 우스꽝스럽고 단순한 작은 이야기, 농담으로 이해될 수 있다. K라고 불리는 사람이 어느 날 아침 침대에 누운 채 아주 평범한 두 남자에게 체포된다. 그들은 K에게 아무 이유도 없이 체포를 선포하고 K의 아침밥을 먹고 K의 침실에서 제집처럼 오만하게 행동하는데, 그것이 너무나 자연스러워서 잠옷 차림의 소심하고 어수룩한 K는 어찌할 바를 모른다. 나중에 카프카가 점점 더 어두운 빛을 띠는 다른 장들을 덧붙이지 않았다면 오늘날, 카프카의 친구들이 그토록 웃었다는 얘기에 놀랄 사람은 아무도 없을 것이다. 그러나 카프카는 (플로베르의 표현을 다시 쓰자면) '다소 재치 있는 독특한 작품'을 쓰기를 원치 않았다. 그는 이 우스꽝스러운 상황에 더 큰 '영향력'을 부여하기를, 그것을 '세세하게 파고들고 발전시켜 가기'를, '그 이야기를 믿는 듯이' 보일 수 있도록 '개연성'에 주의를 기울이기를, 그렇게 해서 '심각한, 심지어 끔찍하기까지 한 것'을 만들어 내기를 원했다. 농담의 검은 밑바닥까지 내려가기를 원했던 것이다.

세상의 모든 지식을 섭렵하기로 결심한 두 퇴직자, 부바르와 페퀴셰는 농담의 주인공들인 동시에 수수께끼의 주인공들이다. 그들은 그들 주위의 어떤 사람들뿐만 아니라 그들의 이야기를 읽어 갈 모든 독자들보다도 훨씬 지식이 많다. 그들은 사실들, 그것에 관련된 이론들, 거기다가 그 이론들을 반박하는 논증들까지 알고 있다. 앵무새의 뇌를 가지고 배운 것을 반복하기만 하는 것 아니냐고? 실은 그렇지도 않다. 그들은 종종 놀라운 상식을 보여 준다. 주변 사람들보다 자기들이 우월하다고 느낄 때, 사람들의 어리석음에 분개하고 그것을 참지 못할 때, 우리는 그들이 전적으로 옳다는 것을 인정할 수밖에 없다. 하지만 그들을 어리석다고 생각하지 않는 사람은 아무도 없다. 그들은 왜 어리석어 보이는 것일까? 그들의 어리석음을 정의해 보자! 더 나아가 어리석음이라는 것 자체를 정의해 보자! 어리석음이란 대체 무엇인가? 이성은 그럴듯한 거짓말 뒤에 숨어 있는 악을 폭로할 수 있다. 그러나 어리석음에 직면할 때 이성은 속수무책이다. 폭로할 것은 아무것도 없다. 어리석음은 가면을 쓰지 않는다. 그것은 결백하다. 솔직하다. 벌거벗었다. 그리고 정의할 수 없다.

위고의 위대한 트리오, 어떤 개인적 이해관계에도 불구하고 바른 길에서 이탈하지 않았던 정직한 세 주인공, 랑트나크와 시무르댕과 고뱅을 다시 보며 자문해 본다. 털끝만 한 의심도 없이, 털끝만 한 망설임도 없이 자신의 사상을 고수할 힘을 주는 것, 그게 바로 어리석음 아닐까? 대리석에 조각된 듯 당당하고 위엄 있는 어리석음 아닐까? 옛날 올림포스의 여신들이 영웅들과 영원히 함께했듯이 어리석음이 이 세 인물과 함께하는 것은 아닐까?

맞다, 내 생각은 이렇다. 어리석음은 비극적 영웅의 위대함을 조금도 깎아내리지 않는다. 그것은 '인간 본성'과 떼어 낼 수 없이 어디서나 항상 인간과 함께 존재한다. 침실의 어슴푸레한 빛 가운데서나, 환하게 조명된 역사의 길에서나.

슈티프터의 관점에서 본 관료주의

제일 처음 관료주의의 실존적 의미를 발견한 사람이 누구일까 생각해 본다. 아마도 아달베르트 슈티프터일 것이다. 내 인생의 어느 시기에 중앙 유럽에 강박적으로 사로잡히지 않았더라면 이 오스트리아 노작가의 글을 그토록 주의 깊게 읽을 줄 누가 알았겠는가? 처음에는 그 글의 길이와 교육적 성격, 도덕주의, 순결함으로 인해 내겐 꽤 낯설었으니 말이다. 그러나 그는 19세기 중앙 유럽의 핵심 작가이며 그 시대와, 소위 비더마이어 양식이라고 부르는 목가적이고 고결한 그 시대 정신의 순수한 꽃이다. 슈티프터의 가장 중요한 소설 『늦여름』(1857)은 이야기는 단순한 데 비해 그만큼 방대하다. 산행 중이던 청년 하인리히는 폭풍우를 예견하는 먹구름을 만난다. 그리고 한 저택에서 비를 피하고자 한다. 저택의 주인인 노귀족 리자흐는 그를 환대하고 그에게 우정을 느낀다. 이 작은 성에는 '로젠하우스', 즉 '장미의 집'이라는 아름다운 이름이 붙어 있다. 그 후 하인리히는 일 년에 한두 차례 정기적으로 이곳을 다시 찾아와 머무르곤 한다. 그러다가 구 년째 되는 해에 리자흐의 양녀와 결혼하고 그것으로 소설은 끝이 난다.

리자흐가 하인리히와 단둘이 오랜 대화를 나누며 자기 삶의 이야기를 털어놓는 끝부분에 가서야 이 책의 그 깊은 의미가 드러난다. 그의 삶에는 두 가지 대립이 있다. 개인적인 것과 사회적인 것이다. 내가 관심을 갖는 것은 후자다. 리자흐는 예전에 꽤 고급 관리였다. 그러던 어느 날 관리 일이 자기 성격과 기호와 성향에 맞지 않음을 인정하고 정치와 역사에서 멀리 떨어져 자연과 벗하며 시골 사람들과 어울려 살기 위해 공직을 떠나 시골집, '장미의 집'에 정착했다.

그가 관료주의와 결별한 것은 정치적, 철학적 신념의 결과라기보다는 자기 자신에 대한 인식, 관리가 될 수 없다는 인식의 결과다. 관리란 무엇인가? 리자흐는 하인리히에게 그것을 설명한다. 그리고 그것은 내가 아는 한, 관료주의에 대한 최초의 (게다가 훌륭한) '현상학적' 기술이다.

행정이 확대, 확장됨에 따라 점점 많은 관리들이 고용되어야 했고 그들 중에는 필연적으로 고약한, 혹은 아주 고약한 사람들이 있었다. 따라서 관리들의 고르지 않은 역량으로 인해 변형되거나 축소되지 않고, 필요한 작업들이 잘 수행되도록 하는 시스템 개발이 시급했다. "리자흐가 계속했다. '내 생각을 분명히 하자면, 나쁜 것을 좋은 것으로, 좋은 것을 나

뻔 것으로 교체하는 부품 교환이 있을지라도 제대로 작동하는 이상적인 시계가 만들어져야 한다는 것이네. 그런 시계는 물론 상상할 수도 없지. 하지만 행정은 정확히 이런 형태 아래서만 존재하거나, 그렇지 않으면 그것이 겪은 변화에 비추어 사라져 버리거나 해야 하지.'" 따라서 관리는 자기가 담당하는 문제에 대해 이해할 필요가 없다. 그는 옆 사무실에서 어떤 일이 진행되는지도 모르는 채, 심지어 알려고도 하지 않은 채 그저 다양한 작업들을 열성적으로 수행하기만 하면 되는 것이다.

리자흐는 관료주의를 비난하지 않는다. 단지 있는 그대로, 그가 왜 그 일에 인생을 바칠 수 없었는지를 설명할 뿐이다. 그가 관리가 될 수 없었던 것은 자기의 지평선 너머에 있는 목표에 복종하고 그것을 위해 일할 능력이 없었기 때문이다. 또 "있는 그대로의 사물 그 자체에 대한 외경심"이 너무 커서, 타협을 해야 할 때면, 상급자들의 요구가 아니라, "사물 그 자체의 요구"를 따랐던 것이다.

리자흐는 실질적인 것을 추구하는 인물이기 때문이다. 그는 그 목적을 이해할 수 있는 일만 하면 되는 삶을 갈망한다. 이름과 직업과 집과 아이들을 잘 알고 있는 사람들만 만나는 삶. 아침, 정오, 태양, 비, 폭풍우, 밤과 같이 시간이 늘 감지되며 그 구체적인 모습 속에 향유되는 삶.

그와 관료주의의 결별은 인간과 현대 세계와의 기념할 만한 결별 중 하나다. 비더마이어 풍의 이 낯설고 기이한 소설 속의 목가적 분위기에 적합한, 평화롭고도 근본적인 결별이다.

성과 마을의 침범당한 세계

막스 베버는 "자본주의와 보편적 현대 사회의 특징은 무엇보다도 합리화된 관료제이다."라는 데 동의한 최초의 사회학자다. 그는 사회주의 혁명을 위험한 것으로도 유익한 것으로도 보지 않는다. 단지 현대성의 주요 문제 즉 '관료화', 그의 말에 따르면 생산 수단의 소유 체계가 어떻든지 간에 냉혹하게 계속되어 갈 사회적 삶의 '관료화'를 해결할 능력이 없기 때문에 쓸모없게 보일 뿐이다.

베버는 1905년에서 1920년 사망할 때까지 관료제에 대한 생각을 기술했다. 한 소설가, 이 경우에는 아달베르트 슈티프터가 그 위대한 철학자보다 오십 년이나 앞서서 관료제의 근본적인 중대성을 인식했다는 것을 지적하고 싶다. 하지만 예술과 학문 사이에 발견의 우선권을 두고 논쟁을 시작할 생각은 없다. 그 둘은 같은 것을 목표로 하지 않으니 말이다. 베버가 관료제 현상에 대해 사회학적, 역사적, 정치적으로 분석했다면 슈티프터는 다른 문제를 제기했다. 관료화된 세상에서 산다는 것은 과연 인간에게 엄밀히 말해(in concreto) 무엇을 의미하는가? 그것으로 인해 인간 존재는 어떻게 변화되는가?

『늦여름』 이후 육십여 년이 지나서, 또 다른 중앙 유럽인인 카프카가 『성』을 쓴다. 슈티프터에게 성과 마을이라는 세상은, 늙은 리자흐가 그 엄청난 관리 일을 피해서 이웃과 동물, 나무, '그 자체인 것'과 더불어 살기 위해 도피했던 오아시스를 의미했다. 슈티프터(그리고 그의 제자들)의 다른 많은 산문의 배경이 되기도 한 이 세상은 중앙 유럽에서 목가적이고 이상적인 삶의 상징이 되었다. 그런데 슈티프터의 독자인 카프카가 평화로운 마을과 성의 세계에 사무실과 관리들의 군대와 서류 사태를 침입시킨다. 잔인하게도 그는 관료화의 전적인 승리라는 정반대의 의미를 성과 마을에 부여함으로써 반관료적 목가의 신성한 상징을 침범한다.

관료화된 세상의 실존적 의미

관리의 삶에 결별을 선언하는 리자흐 식 저항은 이미 오래전부터 불가능하다. 관료주의는 어디에나 존재하게 되었고 우리는 어디에서도 그것을 피할 길이 없다. '그 자체로서의 사물들'과 내밀한 관계를 맺으며 살기 위한 '장미의 집'은 어디서도 찾을 수 없다. 우리는 슈티프터의 세상에서 카프카의 세상으로 결정적으로 옮겨 왔다.

예전에 우리 부모들이 휴가를 떠날 때면 기차가 출발하기 십 분 전에 역에서 표를 샀다. 그들은 시골 호텔에 묵었고 마지막 날 주인에게 현금으로 숙박료를 지불했다. 그들은 아직 슈티프터의 세상에 살고 있었던 것이다.

나의 휴가는 다른 세상에서 일어난다. 나는 두 달 전에 미리 여행사에 줄을 서서 표를 산다. 그러면 한 관리가 내 일을 맡아서 에어프랑스에 전화를 건다. 거기서는 나와 전혀 접

촉이 없는 다른 관리들이 나에게 비행기 좌석을 마련해 주
고 승객 명단의 번호 옆에 내 이름을 등록한다. 숙소 역시 미
리 전화로 잡아 둔다. 안내원은 나의 신청 사항을 컴퓨터에
기록하고 자기 부서에 알린다. 그런데 출발하는 날, 에어프
랑스의 관리들과 노조 관리들 사이에 일어났던 분쟁이 파업
으로 이어진다. 전화를 수없이 돌리고 난 후에야 에어프랑스
에서 한마디 사과도 없이(K에게 사과를 한 사람은 아무도 없었다.
행정은 예의범절 저 너머에 있다.) 환불을 받고, 기차표를 산다.
휴가 동안 나는 어디에서나 신용 카드로 값을 지불하고, 나
의 저녁 식사는 매번 파리의 은행에 기록된다. 그것을 또 다
른 관리들, 예를 들면 국세청이나, 내가 범죄 용의자인 경우
에는 경찰 등이 자유롭게 이용한다. 사사로운 내 휴가 하나
에 모든 팀의 관리들이 움직이기 시작하고 나 자신 역시 내
인생의 관리가 된다.(질문지를 기입하고, 고소장을 보내고, 나 자
신의 자료실에 보관된 서류들을 정리하고.)

부모의 인생과 내 인생의 차이는 매우 두드러진다. 관료
주의는 삶의 모든 조직에 침투했다. "K는 이토록 복잡한 삶
과 행정은 어디에서도 본 적이 없었다. 너무 복잡한 나머지
때때로 삶과 행정이 서로의 자리를 대신한다고 느낄 정도였
다."(『성』) 존재의 모든 개념이 단숨에 그 의미를 바꾸었다.

자유의 개념. 측량사 K에게 원하는 것을 하지 못하도록 금
지하는 기관은 없다. 그러나 정말로 완전히 자유롭게 행동할
수 있을까? 모든 권리를 가진 시민이라 해도, 가장 가까운
자기의 환경, 자기 집 밑에 지어진 주차장과 창문 바로 맞은

편에서 웅웅거리는 확성기를 과연 어떻게 바꿀 수 있을까? 그의 자유는 무한하지만 그만큼 무력하다.

사생활의 개념. 프리다가 비록 절대 권력을 가진 클람의 애인이라고 해도 K가 프리다와 관계를 맺지 못하도록 막는 사람은 아무도 없다. 하지만 어디에서나 성의 눈이 그를 쫓아다니고, 그의 성행위는 철저히 관찰당하고 기록된다. 그에게 배정된 조수 두 명은 바로 이 일을 위해 그의 곁에 있다. K가 그들 때문에 성가시다고 불평하자 프리다는 "뭣 때문에 그 사람들을 신경 써, 자기야? 그 사람들에게 숨겨야 할 건 하나도 없어."라고 답한다. 아무도 사생활의 권리를 부인하지 않지만 이 사생활이라는 것은 이미 예전의 그것이 아니다. 사생활을 보호해 주는 비밀 따위는 없다. 우리가 가는 곳마다 우리 흔적이 컴퓨터에 남는다. 프리다는 "그 사람들에게 숨겨야 할 건 하나도 없어."라고 말한다. 우리는 더 이상 비밀을 요구하지조차 않는 것이다. 사생활은 더 이상 사적이기를 요구하지 않는다.

시간의 개념. 한 인간이 다른 인간과 대립할 때는 동등한 시간 두 개가 대립한다. 덧없는 인생의 제한된 시간 두 개. 그런데 오늘날 우리는 더 이상 사람 대 사람으로 대립하는 것이 아니라 행정과 맞닥뜨린다. 젊음도, 노화도, 피곤도, 죽음도 모르는 존재. 인간의 시간을 초월하는 존재. 인간과 행정은 서로 다른 시간을 산다. 채무자가 빚을 갚지 않아 파산하게 된 프랑스인 소상공인의 평범한 이야기를 신문에서 읽을 수 있다. 그는 자기에게 책임이 없다고 생각하고 법정에 나가 변호하려고 하다가 곧 포기하고 만다. 그의 사건이 해결되려면 사 년은 더 기다려야 하기 때문이다. 소송은 길고 인생은 짧다. 이 이야기는 카프카의 『소송』에 나오는 상인 블로크를 떠올리게 한다. 그의 소송은 아무런 판결 없이 오 년 반 동안 질질 끌려다닌다. 그사이에 그는 사업을 포기해야 했다. "소송을 위해서 뭔가 하려면 다른 것은 전혀 신경 쓸 수 없기"(『소송』) 때문이다. 측량사 K를 짓누르는 것은 잔인성이 아니라 성의 비인간적 시간이다. 인간은 면담을 요청하고 성은 그것을 뒤로 미룬다. 소송은 길어지고 삶은 끝이 난다.

그리고 모험의 개념. 예전에 이 단어는 자유와 마찬가지로 삶에 대한 찬미를 나타냈다. 개인의 용감한 결정으로 자유롭고 확고한, 놀라운 일련의 사건이 시작되는 것이다. 그런데 모험의 이러한 개념은 K가 겪게 되는 것에 부합되지 않는다. K는 성의 두 사무실 간의 오해 때문에 잘못 발송된 소환장을 받고 마을에 도착한다. 자기 의지가 아니라 행정적 실수로 모험 길에 오른 것이다. 그것은 존재론적으로 돈키호테나 라스티냐크의 모험과는 전혀 무관하다. 관료 기구가 너무나 거대하기 때문에 통계적으로 실수는 불가피하다. 컴퓨터의 사용으로 인해 실수는 알아보기도, 수정하기도 더 어려워진다. 모든 것이 계획되고 규정된 우리 삶에서 기대할 수 있는 뜻밖의 일이란 오직 행정 기계의 실수와 그로 인한 예측 불가능한 결과뿐이다. 관리의 실수가 우리 시대의 유일한 시(범죄 시)가 되는 것이다.

싸움의 개념 역시 모험과 비슷하다. K는 성과의 투쟁에 대해 말할 때 이 단어를 종종 사용한다. 하지만 그의 싸움이라는 것은 무엇으로 이루어져 있는가? 관리들과의 헛된 만남 몇 번과 긴 기다림. 몸 대 몸의 싸움은 없다. 보험, 사회 보장, 상업 조합, 법원, 국세청, 경찰, 도청, 시청, 우리의 적에게는 몸이 없다. 우리는 사무실에서, 대기실에서, 자료실에서 수많은 시간을 보내며 싸우는 것이다. 이 싸움의 끝에 우리를 기다리는 것은 무엇인가? 승리? 가끔은 그렇다. 그런데 승리란 무엇인가? 막스 브로트에 따르면 카프카는 『성』의 마지막을 이렇게 그렸다고 한다. 그 모든 소동 후에 K는 지쳐서 죽는다. 임종의 침상에 누워 있을 때 (브로트를 인용하자면) "비록 마을의 시민권은 없지만, 몇몇 세부 사항을 존중해 거기서 살고 일하는 것은 허락한다는 결정이 성에서 내려온다."

커튼 뒤에 숨겨진 삶의 나이

기억나는 소설들을 내 앞에 쭉 늘어놓고 주인공들의 나이
를 정확히 밝혀 보려고 한다. 이상하게도 그들은 내가 기억
하는 것보다 훨씬 젊다. 작가에게 그들은 어떤 나이의 특별
한 상황이라기보다는 일반적인 인간의 상황을 대표하기 때
문이다. 파브리스 델 동고는 자기를 둘러싼 세상에서 더 이
상 살고 싶지 않다는 것을 깨닫고 모험을 마치고 수도원으
로 가 버린다. 나는 언제나 이 결말을 매우 좋아했다. 파브리
스가 여전히 너무 젊다는 점만 빼면 말이다. 아무리 고통스
러운 환멸을 느낀다 해도 그 나이의 남자가 수도원에서 사는
것을 견딜 수 있을까? 스탕달은 파브리스가 수도원에 간 지
일 년 만에 죽게 함으로써 이 문제를 피했다. 므이쉬킨은 스
물여섯 살, 로고진은 스물일곱 살, 나스타시야 필립포브나는
스물다섯 살이고 아글라야는 스무 살밖에 되지 않는다. 그리

고 바로 가장 젊은 그녀가 상식적이지 않은 주도권을 가지고 다른 모든 사람의 인생을 결국 파괴하게 된다. 하지만 이 인물들의 미성숙 자체는 문제가 되지 않는다. 도스토옙스키는 우리에게 청춘의 드라마가 아닌 인간 존재의 드라마를 이야기하는 것이니까.

루마니아 출신의 시오랑은 1937년, 스물여섯 살에 파리에 정착한다. 십 년 후 그는 프랑스어로 쓴 첫 번째 책을 출판하고 동시대의 위대한 프랑스 작가 중 하나가 된다. 과거에 유럽은 막 싹트기 시작하는 나치즘에 그토록 관대했으나 1990년대에는 과감한 투지로 그 환영에 대항해 달려든다. 과거와의 결판의 시기가 도래하자 루마니아에 살았던 시절, 젊은 시오랑의 파시스트적 사상이 돌연 시사 문제로 대두된다. 그는 1995년, 여든여덟 살의 나이로 사망한다. 나는 파리의 한 주요 신문을 펼쳐 본다. 두 페이지에 걸쳐 일련의 부고 기사가 나 있지만 그의 작품에 대해서는 한마디도 없다. 부고 기사는 그의 루마니아에서의 젊은 시절에만 사로잡혀서 불쾌해하며 화를 냈다. 그들은 위대한 프랑스 작가의 주검에 루마니아의 민속 의상을 입히고 관 속에서 강제로 팔을 들어 올려 파시스트 식 경례를 하게 만들었다.

얼마 후 나는 시오랑이 서른여덟 살 되던 1949년에 쓴 글을 읽었다. "나는 나의 과거를 상상조차 할 수 없다. 지금 그때를 생각하면 다른 사람의 삶을 떠올리는 것 같다. 나는 이 다른 사람을 모른다. '나 자신'의 전 존재는 옛날 그 다른 사람에게서 수천 마일이나 떨어진, 다른 곳에 있다." 그리고 더 나아가 이렇게 고백한다. "그 당시 내 모든 망상을 다시 생각할 때면 모르는 사람의 강박관념을 연구하는 것만 같은데 그 모르는 사람이 나였다는 사실을 깨닫고는 경악한다."

이 글에서 흥미로운 것은 현재의 '나'와 예전의 '나' 사이에 아무런 연관성도 찾지 못하고 정체성의 수수께끼 앞에서 경악하는 그 사람의 놀람이다. 이 놀람은 진실한 것일까? 물론 그렇다! 모든 사람이 이러한 놀람을 일상적인 모습으로 경험한다. 당신은 그 철학(종교, 예술, 정치) 사조를 어떻게 진지하게 받아들일 수 있었는가? 혹은 (더 진부하게) 그토록 별볼일 없는 여자(그토록 멍청한 남자)와 어떻게 사랑에 빠질 수 있었는가? 대개 사람들의 젊음은 재빨리 지나가고 젊은 날의 방황은 흔적도 없이 증발하지만, 시오랑의 젊음은 화석이 되었다. 우리는 우스꽝스러운 연인과 파시즘에 대해서 똑같이 관대한 미소로 비웃을 수 없으니까.

시오랑은 경악해서 과거의 시간을 돌아보고 분개했다. (마찬가지로 1949년의 그의 글을 인용한다.) "불행은 젊은이들의 실제 모습이다. 젊은이들은 편협한 교리를 주창하고 실행하며, 피와 비명과 소요와 잔인성을 필요로 하는 사람들이다. 내가 젊었던 시절에는 전 유럽이 젊음을 믿었고 전 유럽이 젊음을 몰아붙여 정치와 국가적 사안에 관여하게 했다."

파브리스 델 동고, 아글라야, 나스타시야, 므이쉬킨, 주위에서 그들을 얼마나 많이 보게 되는지! 그들은 모두 미지로의 여행의 출발점에 있다. 물론 그들은 방황한다. 그러나 그것은 특별한 방황이다. 그들은 방황하고 있다는 것을 모르는 채 방황하는 것이다. 이중적인 의미에서 경험이 없기 때문이다. 그들은 세상을 모르고 또, 자기 자신을 모른다. 어른이 되어서 거리를 두고 볼 때에야 방황이 방황으로 보인다. 더 나아가 이렇게 거리를 둘 때에만 방황의 개념 자체를 이해할 수 있다. 그들은 미래의 어느 날 지나간 젊음을 향해 어떤 시선을 던지게 될지 현재로서는 전혀 알지 못하기 때문에, 인간의 확신이 얼마나 연약한 것인지를 이미 경험한 어른들보다 훨씬 공격적으로 자신의 신념을 옹호한다.

젊은 시절에 대한 시오랑의 격노는 분명한 무언가를 보여준다. 즉 출생에서 죽음 사이를 잇는 선 위에 관측소를 세운다면 각각의 관측소에서 세상은 다르게 보인다는 것이다. 그 자리에 멈춰 있는 사람의 태도도 변한다. 무엇보다도 먼저 그 사람의 나이를 이해하지 않고는 그 누구도 다른 사람을 이해할 수 없다. 정말이지 이것은 분명하다. 아, 너무나 분명하다! 그러나 처음에는 오직 이데올로기적인 거짓 증거들만 눈에 보인다. 실존적 증거들은 명백한 것일수록 덜 드러나 보인다. 삶의 나이는 커튼 뒤에 숨어 있다.

아침의 자유, 저녁의 자유

피카소가 첫 입체파 그림을 그렸을 때 그는 스물여섯 살이었다. 같은 세대의 다른 많은 화가들이 전 세계에서 그와 합류하고 그를 따랐다. 그때 육십 대 노인이 뛰어들어 그를 모방하고 입체파 운동을 했다면 그 사람은 (당연히) 기괴해 보였을 것이다. 젊음의 자유와 노년의 자유는 서로 만나지 않는 대륙이기 때문이다.

괴테(노년의 괴테)는 한 에피그램에서 "젊은이는 무리에 강하고 노인은 고독에 강하다."라고 썼다. 젊은 사람들은 실제로 널리 퍼져 있는 사상, 확고한 틀을 공격하기 시작할 때면 무리를 이루어 모이기를 좋아한다. 20세기 초 드랭과 마티스는 콜리우르의 해변에서 몇 주를 함께 보내며 같은 야수파의 미학적 특징을 띤, 서로 닮은 그림들을 그렸다. 하지만 둘 중 누구도 상대방을 표절자라고 느끼지 않았다. 사실 정말로 누구도 표절자가 아니었다.

　초현실주의자들은 유쾌한 결속을 이루어, 1924년 아나톨 프랑스의 죽음에 대해서 잊지 못할 어리석은 풍자 추도문으로 기념했다. 스물아홉 살의 엘뤼아르는 "주검이여, 우리는 당신과 같은 부류를 좋아하지 않는다!"라고 썼고, 스물여덟 살의 브르통은 "아나톨 프랑스와 함께 인간의 비열함이 조금은 떠나갔다. 교활한 술수, 전통주의, 조국애, 기회주의, 회의주의, 현실주의, 부족한 열정을 땅에 파묻는 이날을 축하하자!"라고 썼으며, 스물일곱 살의 아라공은 "그러니 이제는 죽은 그를 연기처럼 사라지게 하라! 인간에게서 남는 것이란 거의 없다. 그에 대해서, 어쨌든 그가 존재했다는 것을 생각만 해도 여전히 불쾌하기 짝이 없다."라고 썼다.

　젊은이들에 대해서, '피와 외침과 소요……'를 향한 그들의 욕구에 대해서 쓴 시오랑의 글이 다시 떠오른다. 그러나 서둘러 여기에 한마디 덧붙이고 싶다. 위대한 소설가의 주검 위에 오줌을 갈긴다고 해서 이 젊은 시인들이 진정한, 경탄할 만한 시인들이 아닌 것은 아니다. 그들의 천재성과 어리석음은 같은 샘에서 뿜어져 나온다. 과거에 대해서 난폭하게(서정적으로) 공격적인 만큼, 마치 위임장이라도 받은 것처럼 한패를 이루어 오줌을 갈기듯 즐기며 미래에 대해서도 똑같이 난폭하게(서정적으로) 군다.

　그리고 피카소가 늙는 때가 온다. 무리에게 버려지고, 그 사이 다른 노선을 취한 회화의 역사에서도 버려진 채 혼자가 된다. 그는 별 유감없이 쾌락주의적 기쁨을 누리며(그의 그림에 이토록 흐뭇함이 넘친 적이 없었다.) 자기 예술로 채워진 집에 머무른다. 새로운 것은 앞쪽, 큰길에만 있는 것이 아니라 오른쪽, 왼쪽, 위쪽, 아래쪽, 뒤쪽 등 오직 자기에게만 속한, 모방할 수 없는 자기만의 세상(아무도 그를 모방할 수 없을 것이다. 젊은이들은 젊은이들을 모방하고, 노인들은 노인들을 모방하지 않으니까.)에서 가능한 모든 방향에 존재한다는 것을 잘 알기 때문이다.

혁신적인 젊은 예술가가 대중의 마음을 끌고 사랑받기란 쉬운 일이 아니다. 하지만 후에 그는 저녁의 자유가 불어넣어 주는 영감을 받아 다시 한 번 자기 스타일을 바꾸고 스스로에 대해 만들어 냈던 이미지를 버린다. 대중은 선뜻 그를 따르기를 주저한다. 이탈리아 영화(이 위대한 영화는 더 이상 존재하지 않는다.)계의 젊은 친구들과 결속되어 있던 페데리코 펠리니는 오랫동안 만인의 찬탄을 누렸다. 「아마코드」(1973)는 모든 사람이 그 서정적 아름다움에 동의한, 그의 마지막 영화였다. 그러고 나서 그의 상상력은 점점 더 사슬이 풀리고 그의 시선은 더욱 날카로워진다. 그의 시는 반서정적이 되고 모더니즘은 반현대적이 된다. 마지막 십오 년간의 일곱 편의 영화, 「카사노바」(그로테스크한 극단으로 치달은 성적 이미지의 노출), 「오케스트라 리허설」, 「여성의 도시」, 「그리고 배는 항해한다」(유럽에 작별을 고하고 오페라의 아리아와 함께 무(無)를 향해 떠나는 배), 「진저와 프레드」, 「인터뷰」(영화와 현대 예술, 간단히 말해 예술 자체에 대한 작별), 「달의 목소리」(최후의 작별)는 우리가 살고 있는 세상에 대한 냉혹한 초상화다.

이 기간 동안 비평계와 출판사, 대중은(심지어는 제작자들까지)
그의 까다로운 미학과 동시대의 세상을 바라보는 환멸에 찬
시선에 염증을 느끼고 등을 돌린다. 이제 누구에게도 아무런
의무를 느끼지 않게 된 그는 그때까지 맛보지 못했던 자유의
그 "즐거운 면책"(그의 말을 인용한 것이다.)을 만끽한다.

　베토벤의 마지막 십 년 역시, 빈에게서, 빈의 음악가들
과 귀족들에게서 더 기대할 것이 아무것도 없게 된다. 그들
은 베토벤을 숭배하지만 더 이상 그의 음악을 듣지 않는다.
게다가 베토벤 역시, 설사 귀머거리가 되지 않았다 하더라
도, 그들에게 귀 기울이지 않는다. 그는 자신의 예술의 정점
에 있다. 그의 소나타와 사중주는 다른 어떤 것과도 닮지 않
았다. 그 구성의 복잡성으로 인해 고전주의와 거리가 멀지
만, 그렇다고 해서 새로운 낭만주의의 가벼운 자연스러움에
가깝지도 않다. 음악의 발전에 있어서 그는 누구도 따라오지
않은 방향을 취한 것이다. 수하도 계승자도 없는 그의 작품,
저녁의 자유의 작품은 기적이며 섬이다.

7부   소설, 기억, 망각

아멜리

플로베르의 소설을 더 이상 아무도 읽지 않는다 하더라도 "마담 보바리, 그녀는 바로 나다."라는 문구는 잊히지 않을 것이다. 그런데 플로베르는 이 유명한 문구를 쓴 적이 없다. 우리는 이 문구를 아멜리 보스케 양에게 빚지고 있다. 정말 형편없는 논문 두 편에서 『감정 교육』을 신랄하게 비난함으로써 친구 플로베르에 대한 우정을 과시했던 보잘것없는 소설가에게 말이다. 아멜리는 그 이름이 우리한테 전해지지 않은 누군가에게 아주 귀중한 정보를 흘렸다. 어느 날 그녀는 플로베르에게 엠마 보바리의 모델이 된 여자가 누구인지 물었는데, 그가 "마담 보바리, 그녀는 바로 나야!"라고 대답을 했다는 것이다. 이 이야기에 강한 인상을 받은 무명인은 데 세르므 씨인지 뭔지 하는 자에게 이 말을 전했고, 전해 들은 이 사람 역시 아주 깊은 감명을 받았는지 말을 퍼트렸던 것

이다. 이런 종류의 출처 불명한 이야기에서 영감을 얻어 집
필된 산더미처럼 쌓인 주석들은, 작가의 심리학에 대해서 진
부한 말들만 쉴 새 없이 쏟아 놓는 문학 이론, 막상 예술 작
품 앞에서는 무력한 이 문학 이론이란 것이 얼마나 쓸데없는
것인지를 여실히 보여 준다. 또 우리가 기억이라 일컫는 것
에 대해서도 분명하게 밝혀 준다.

지우는 망각, 변형시키는 기억

대학 입학 시험을 치른 지 이십 년이 지나고 나서 고교 동창들과 재회했던 때가 기억난다. 거기서 J가 반갑게 말을 걸어 왔다. "네가 우리 수학 선생한테 '제기랄, 선생님!'이라고 한 게 아직도 눈에 훤하지 뭐야." 사실 나는 제기랄이라는 단어의 체코식 발음에 언제나 혐오감을 느껴 왔기 때문에 그런 말을 하지 않았을 것이 분명했다. 그런데 우리를 둘러싸고 있던 동창 모두가 웃음을 터트리면서 그 사건을 떠올리는 척했다. 변명을 해 봤자 통하지 않을 것이라 생각한 나는 별 저항 없이 겸연쩍은 미소만 지었다. 실은 부끄럽지만 이와 관련해서 말해 둘 게 있는데, 당시 나는 동창들의 그와 같은 반응에 기분이 좋았다. 내가 지랄 맞은 선생의 면전에 욕을 내뱉은 영웅으로 보이는 게 유쾌했던 것이다.

누구나 이와 같은 일들을 경험했을 것이다. 어떤 사람이 대화 도중 당신이 했던 말을 인용해도 당신은 그게 자신이 했던 말인지 전혀 알아채지 못한다. 왜냐하면 당신이 한 말들은 아주 좋은 경우라면 거칠게 단순화되거나 때로는 (사람들이 당신이 한 조소를 심각하게 받아들이고 있다면) 왜곡되기도 하고, 아주 빈번한 경우에는 당신이 말했을 법한 혹은 생각했을 법한 것과는 정말 아무 상관도 없는 것이 되어 있을 테니까. 그렇다고 놀라거나 화낼 필요는 없다. 왜냐하면 이것은 자명한 이치 중에서도 자명한 이치이니 말이다. 그러니까 인간은 바로 작동하면서 상호 협력하는, (지우는) 망각의 힘과 (변형시키는) 기억의 힘이라는 두 가지 힘에 의해 과거(단 몇 초 후의 과거일지라도)와 단절되기 마련이니까.

이것은 자명한 이치 중에서도 자명한 이치이기는 하지만 받아들이기는 어려운 것이, 이에 대한 생각을 극단으로 밀고 가다 보면, 사료 편찬의 기본이 되는 모든 증빙 자료는 어떻게 되고 과거에 대한 우리의 확신은 어떻게 되며, 우리가 늘 신뢰하며 순진하게 자발적으로 지표로 삼고 있는 역사 그 자체는 어떻게 되겠는가? 확실한 것(나폴레옹이 워털루 전투에서 패한 사실은 의심할 수 없다.)이 속하는 좁은 가장자리 이면에는 무한 공간이 펼쳐지고 있다. 대략적인 것, 꾸며 대는 것, 변형된 것, 단순화된 것, 과장된 것, 잘못 이해된 것의 공간, 즉 쥐처럼 서로 교미하여 그 수를 엄청나게 불리어 영원히 소멸치 않는 비(非)진리들의 무한 공간이.

망각을 모르는 세계의 유토피아로서의 소설

망각의 영속적 활동은 우리가 한 행위 하나하나에 공상적이고 비현실적이며 모호한 성격을 부여한다. 그저께 우리는 무엇을 먹었더라? 어제 내 친구가 나한테 무슨 이야기를 했지? 심지어는, 삼 초 전에 내가 무슨 생각을 했지? 이 모든 것은 잊힌다. 그리고 (천 배나 끔찍한 사실은!) 이 모든 것은 잊히는 것 말고는 달리 써먹을 데가 없다. 본래 허망하고 망각에 어울리는 우리의 현실 세계에 반하여, 예술 작품은 이상적이고 견고한 세계로서 우뚝 서 있다. 예술의 세계에서 각각의 디테일은 그 나름의 중요성과 의미를 지니고, 이 세계에 있는 모든 것, 단어 하나하나, 문장 하나하나는 잊힐 수 없는 가치를 지니며 또 그렇다고 여겨져 왔다.

그런데도 예술에 대한 인식 역시 망각의 손아귀를 벗어나지 못한다. 예술은 망각에 직면하여 각기 다른 입장을 취하는 게 분명하다. 이런 관점에서 시는 특권을 누린다. 보들레르의 소네트 한 편을 읽는 사람은 거기서 단 한 자도 건너뛰고 읽을 수 없다. 그가 그 소네트를 좋아한다면 몇 번씩 되풀이해서 읽을 것이다. 그것도 어쩌면 큰 소리로 말이다. 그가 그 소네트에 정신 없이 빠져든다면 소네트를 암송할 것이다. 서정시는 기억의 성채다.

이와 반대로 소설은 망각에 직면하여 별 힘을 못 쓰는, 견고하지 못한 빈약한 성이다. 만일 내가 스무 쪽을 읽는 데 한 시간이 걸린다면 사백 쪽 분량의 소설을 읽으려면 스무 시간이 걸릴 것이니, 그럼 보자, 일주일이 걸리는 셈이다. 일주일 내내 소설책만 읽을 정도로 한가한 사람은 거의 없다. 그러니 책을 읽는 중 며칠은 책을 펴 보지도 않고 지나가는 날이 있게 마련인데, 바로 그 공백의 시간에 망각이 곧장 껴들어와 작업을 개시한다. 그렇다고 망각이 꼭 독서를 하지 않는 공백의 시간에만 작동하는 것은 아니다. 이 망각은 잠시도 쉬지 않고 책을 읽는 와중에도 끼어든다. 책장을 넘기면서도 나는 방금 읽은 부분을 그새 잊어버리고 만다. 그러니까 다음에 나올 이야기를 이해하기 위해서 꼭 필요한 이전 이야기의 일종의 개요만이 내 머릿속에 남아 있고, 세밀한 묘사, 자잘한 관찰, 경탄해 마지않는 형식들은 이미 기억에서 사라지고 없다. 수년이 지난 어느 날 한 친구에게 이 소설에 대해서 말하고 싶을 것이다. 그때 우리는 독서로 얻은 몇몇 기억의 파편들로 각자 아주 다른 책 두 권을 만들어 버리고 만 우리 자신을 목격하게 될 것이다.

그런데도 소설가는 마치 소네트 한 편을 만들 듯 자신의 소설을 써 나간다. 이 소설을 보라! 그는 자신 앞에 펼쳐 보인 창작품에 감탄한다. 아주 사소한 세부라도 소설가에게는 중요하다. 소설가는 그 세부를 모티프로 변형해 마치 푸가를 작곡하듯 여러 번 반복하고 변이를 일으키며 암시를 줄 것이다. 바로 이러한 이유로 그의 소설 후반부는 전반부보다 훨씬 더 아름답고 힘이 넘칠 것이다. 실제로 이 성 안의 홀로 들어갈수록, 이전에 언급된 문장들의 반향, 앞에서 제시된 주제들의 반향이 점점 더 많아져서 서로 화음을 이루어 사방에서 울려 퍼질 테니까.

나는 『감정 교육』의 마지막 부분을 생각하고 있다. 역사에 관여하는 일이나 여인들과의 연애에서 오래전에 손을 뗀 프레데리크는 아르노 부인을 마지막으로 본 후 젊었을 때의 친구 델로리에와 재회한다. 우수에 젖은 두 사람은 그들이 처음으로 매음굴에 갔던 때를 이야기한다. 그때 프레데리크는 열다섯 살, 델로리에는 열여덟 살이었다. 그들은 마치 애인을 만나러 가듯 커다란 꽃다발을 하나씩 안고 매음굴에 도착한다. 이 모양을 보고 여자들이 웃어 젖히자, 소심한 프레데리크는 당황하여 도망치고 델로리에가 그 뒤를 따라간다. 추억이 아름다운 것은, 그들이 커서 여러 번 우정을 저버렸지만 삼십 년이 훌쩍 지난 지금도, 비록 그들 사이에 이전과 같은 우정은 더 이상 없을지라도, 어쩌면 가장 소중한 보물로 여전히 남아 있는 오랜 우정을 그들에게 다시 떠올리게 하기 때문이다. "바로 그때가 제일 좋았어."라고 프레데리크가 말하자 델로리에가 그 말을 똑같이 반복하는데, 그렇게 함으로써 그들의 감정 교육과 이 소설은 완결된다.

　이러한 결말은 많은 지지를 얻지 못했다. 사람들은 그것이 통속적이라고 생각했다. 통속적이라고? 정말? 나는 좀 더 설득력 있는 다른 반론을 생각해 봤다. 어떤 새로운 모티프로 소설을 끝내는 것은 창작의 오류다. 그것은 마치 작곡가가 교향곡 마지막 소절에서 주제로 돌아가는 대신 뜬금없이 새로운 멜로디를 밀어 넣는 것과 같다.

　그렇다. 이런 반론이야말로 좀 더 설득력이 있다. 단 매음굴 방문이라는 모티프가 새로운 모티프가 아니라는 점을 제외하면 말이다. 이 모티프는 ‘뜬금없이’ 나온 게 아니다. 이미 소설 초반, 1부 2장 마지막 부분에서 나온다. 아주 젊은 프레데리크와 델로리에는 멋진 하루를 함께 보냈다.(이 장 전체가 그들의 우정을 보여 주는 데 할애된다.) 그리고 서로 작별을 고할 때가 오자 그들은 “한 지붕 낮은 집의 창에서 빛이 반짝이고 있는 센강 좌안”을 바라본다. 그때 델로리에가 연극적으로 모자를 벗고는 과장된 어조로 수수께끼 같은 몇 마디를 던진다. “함께한 모험에 대한 이 암시가 그들을 즐겁게 했다. 그들은 거리에서 아주 큰 소리로 껄껄껄 웃었다.” 그런데 플로베르는 여기서 ‘함께한 모험’이 무엇이었는지 전혀 언급하지 않는다. 그는 유쾌한 웃음(‘거리에서 아주 큰 소리로 껄껄껄’ 울려 퍼지는 그 웃음)의 반향이 단 하나의 세련된 화음으로 연결되는 마지막 문장들의 우수와 일치될 수 있도록 소설 결론 부분에서 그에 관한 언급을 보류한 것이다.

　이처럼 플로베르가 소설을 집필하는 내내 아름다운 우정의 웃음소리를 들은 반면 그의 독자는 그 웃음소리를 곧장 잊어버리고 만다. 그렇기 때문에 소설 결말 부분에 나오는 매음굴 방문에 관한 언급은 독자에게 어떠한 기억도 불러일으키지 않는다. 독자는 세련된 조화를 이루는 음악 소리를 전혀 듣지 못한다.

　황폐화시키는 이 망각에 직면하여 소설가는 무엇을 해야만 할까? 소설가는 독자가 결코 자신의 소설에 머무르지 않고 오로지 건성으로 빠르게 스쳐 지나가 곧장 잊어버릴 것이라는 사실을 알고 있다. 그러면서도 그는 이 망각을 무시하고, 자신의 소설을 잊힐 수 없는 것의 파괴되지 않는 성으로 만들어 갈 것이다.

구성

『안나 카레니나』는 안나의 노선(간통과 자살의 드라마)과 레빈의 노선(다소 행복한 부부의 삶)이라는 두 노선의 서술로 구성되어 있다. 7부 마지막에 안나는 자살을 한다. 소설의 결말은 레빈의 노선에 전적으로 맞춰진 8부가 장식한다. 이는 아주 명백한 관습 위반이다. 왜냐하면 독자에게는 여주인공의 죽음이야말로 소설의 가능하고도 유일한 결말로 보이기 때문이다. 그런데도 여주인공은 8부에 등장하지 않는다. 단지 그녀에 대한 이야기의 이리저리 떠도는 반향만이, 점차 사라져 가는 추억의 희미한 발자국만이 남아 있을 뿐이다. 고약하다. 하지만 사실이다. 브론스키만이 절망하고 오스만 튀르크와의 전쟁에서 죽음을 맞으러 세르비아로 떠난다. 하지만 이러한 그의 행동에서 보이는 위대함조차도 상대적인 것이 되고 만다. 8부는 거의 전적으로 레빈의 농장에서 진행된다. 레빈은 여러 차례의 대화에서 전쟁을 하러 세르비아로 떠나는 지원군들의 범 슬라브적 히스테리를 조소한다. 게다가 이 전쟁은 인간과 신에 대한 고찰에 빠져 있는 레빈의 주의를 그리 끌지도 못한다. 그의 고찰은 농장 일을 하다가 문득문득 단편적으로 떠오르는 것으로서, 한 편의 사랑의 드라마 너머에 마지막으로 남아 있는 망각처럼 결말을 짓는 일상의 산문과 뒤섞여 있다.

망각이 장악하는 광대한 시간 속으로 이야기는 결국 용해되고 마는 광활한 공간의 세계, 톨스토이는 그런 세계에다 안나의 이야기를 위치시킴으로써 소설이라는 예술의 본질적 성향을 따랐다. 실제로 태고 때부터 존재해 오던 모습 그대로인 서술은, 작가가 더 이상 단순한 '스토리'에 만족하지 못하고 주위에 펼쳐진 세계로 난 아주 커다란 창들을 활짝 열어젖힐 때 비로소 소설이 되었다. 이렇게 '스토리들' 중 한 '스토리'에 에피소드, 묘사, 관찰, 성찰 들이 덧붙여진다. 작가는 아주 복잡하고 정말 이질적인 소재와 대면하여, 건축가처럼 그 소재에 형식을 입히는 데 몰두했다. 이처럼 소설 기법에 있어서, 그 기법이 생긴 이래부터 계속, 구성(건축술)은 상당히 중요한 위치를 획득했다.

이와 같이 구성이 차지하는 예외적 비중은 소설이라는 예술의 발생론적 표지 중 하나다. 구성은 소설을 다른 문학 예술, 즉 희곡,(희곡 건축술의 자유는 상연 시간과 쉼 없이 관객의 주의를 사로잡아야 할 필요에 의해 제한된다.) 또 시와 구별되게 만들어 준다. 시에 있어서 보들레르, 그러니까 천하의 보들레르가 전후의 무수한 시인과 똑같은 소네트 형식을 사용할 수 있었다는 것이 정말 놀랍지 않은가? 그러나 바로 그러한 것이 시의 기법이다. 시의 독창성은 상상력에 의해 발현되지 전체의 건축술에 의해 드러나는 것이 아니니까. 반대로 소설의 아름다움은 그 소설의 건축술과 불가분의 관계에 있다. 내가 방금 아름다움이라고 했는데, 왜냐하면 구성은 단순한 기술적 기량이 아니기 때문이다. 구성은 그 자체로 한 작가가 표방하는 스타일의 독창성을 보여 준다.(도스토옙스키의 모든 소설은 동일한 구성 원리에 기초한다.) 그리고 구성은 각각의 독특한 소설을 하나로 묶어 주기도 한다.(동일한 원리에서 도스토옙스키의 소설 각각은 모방할 수 없는 건축술로 이뤄져 있다.) 구성의 비중은 어쩌면 20세기에 나온 훌륭한 소설들에서 더 부각되고 있는지도 모르겠다. 다양한 문체의 폭을 지닌 『율리시스』. 소설의 줄거리와는 전혀 상관없는, 두 개의 우스갯소리가 삽입돼 세 개 부로 나뉜 '피카레스크' 서사의 『페르디두르케』. 각기 다른 다섯 개의 '장르들'(장편소설, 중단편소설, 르포르타주, 시, 에세이)을 단 하나의 전체로 통합한, 『몽유병자들』의 3부. 서로 어울리지 않는, 완전히 독자적인 두 이야기로 구성된 포크너의 『야생 종려나무』 등등.

어느 날 소설의 역사가 끝이 난다면, 끝난 이후에도 남아 있을 위대한 소설들은 어떤 운명을 맞이하게 될까? 어떤 소설들(『팡타그뤼엘』, 『트리스트럼 샌디』, 『운명론자 자크와 그의 주인』, 『율리시스』와 같은 소설들)은 줄거리를 말하는 게 불가능하고, 또 그런 이유로 각색도 안 된다. 이 소설들은 있는 그대로 살아남거나 아니면 사라져 버릴 것이다. 다른 소설들(『안나 카레니나』, 『백치』, 『소송』과 같은 소설들)은 품고 있는 '스토리' 덕택에 줄거리를 말할 수 있는 듯이 보이므로 영화, 텔레비전 드라마, 연극, 만화로 각색될 수 있다. 하지만 이러한 '불멸'은 한낱 공상에 불과하다! 왜냐하면 한 소설을 연극이나 영화로 만들기 위해서는 먼저 그 소설의 구성을 해체해야 하기 때문이다. 그렇게 하면 단순한 '스토리'만 남게 된다. 형식은 포기하고 말이다. 아니, 예술 작품에서 형식을 제하고 나면 무엇이 남는단 말인가? 사람들은 각색을 통해서 위대한 소설의 생명을 연장할 수 있다고 생각하지만 결국 화려한 무덤을 만들 뿐이다. 그 무덤의 대리석 묘비의 짧은 글귀만이 존재하지 않는 이의 이름을 생각나게 할 것이다.

망각된 탄생

오늘날, 1968년 8월 소련의 체코슬로바키아 무력 침공을 기억하는 사람이 아직도 있을까? 그것은 내 삶 가운데 일어난 전란이었다. 그런데도 내가 만일 그 시기의 일들을 기록한다면 분명 엄청난 오류와 무의식적 거짓말로 가득한 보잘것없는 결과물을 만들어 내고 말 것이다. 이렇게 사실에 근거한 기억 말고도 또 다른 종류의 기억이 있다. 나의 기억 속에 자리 잡은 내 작은 나라는 독립의 마지막 흔적마저도 제거되어 거대한 낯선 세계에 영원히 먹혀 버린 그런 나라였다. 나는 내 나라가 멸망해 가는 초기의 모습을 목격했다고 믿고 있었다. 물론 그 당시에 대한 내 평가는 틀렸다. 하지만 내가 저지른 오류에도 불구하고(아니, 오히려 그 오류 덕분에) 아주 큰 경험이 내 존재론적 기억 안에 아로새겨졌다. 그때부터 나는 그 어떠한 프랑스인도, 그 어떠한 미국인도 알 수 없는 것을 알게 되었다. 나는 한 사람이 조국의 멸망을 겪는다는 게 무엇을 의미하는지 알고 있다.

나라의 멸망에 온통 정신을 빼앗긴 나는 나라의 건국에 대해서, 좀 더 정확하게 말하자면 나라의 두 번째 건국, 17세기와 18세기 이후에 일어난 나라의 부활에 대해서 생각했다. 17세기와 18세기를 거치는 동안 책, 학교, 행정 기관에서 사라진 (한때 얀 후스와 코메니우스의 위대한 언어였던) 체코어는 자국어인 양 사용되는 독일어 옆에서 겨우 명맥을 유지하고 있었다. 나는 잠들어 있던 한 나라를 놀랍도록 단시간에 깨운 그 19세기 체코 작가들과 예술가들을 떠올렸다. 그리고 체코어로 제대로 쓸 줄조차 몰랐으나 여하튼 독일어로 일기를 써 한 나라의 최고 상징적 인물이 된 베드르지흐 스메타나도 생각해 봤다. 체코인은 모두 2개 국어를 사용하는 사람들이었기에 태어나느냐 아니면 태어나지 않느냐, 존재하느냐 아니면 존재하지 않느냐라는 선택을 할 수 있었던 독특한 상황이었다. 그중 한 명이 후베르트 고든 샤우어인데, 그에겐 "만일 우리가, 싹트기 시작하는 체코 문화보다 훨씬 더 월등한 선진국 문화에 우리 정신적 에너지를 맞춘다면 인류에 공헌하는 바가 더 크지 않겠습니까?"라고 쟁점의 본질을 기탄없이 말할 용기가 있었다. 어쨌거나 그들은 '싹트기 시작한 문화'보다는 독일인의 성숙한 문화를 선호하는 데 일치를 보았다.

나는 그들을 이해하려고 애를 써 봤다. 그들을 애국의 열정으로 이끄는 마법은 도대체 무엇이었나? 그것은 미지로의 여행이 지니는 매력이었을까? 지나가 버린 위대한 과거에 대한 향수였나? 강함보다는 약함을 선호하는 고상한 관대함이었나? 아니면 무에서(ex nihilo) 신세계를 창조하는 데 혈안이 된 친구들의 대열에 끼는 기쁨이었던가? 반 쪼가리밖에 안 남은 국어를 가지고 시, 연극, 정당뿐 아니라 한 나라 전체를 창조하는 것에서 느끼는 기쁨? 서너 세대를 거침으로써 이 시기와 단절될 수밖에 없던 나는 내 조상들의 입장에서 그들이 처했던 구체적 상황을 상상해 내는 데 무력한 자신에 당황했다.

소련 병사들이 지나다니는 거리에서 나는, 무력으로 짓밟힌 우리는 우리의 옛 모습으로 돌아갈 수 없겠구나라는 생각에 두려워 부들부들 떨었다. 그러면서 우리가 어떻게, 그리고 왜 예전과 같은 모습을 하고 있었는지 알지 못하는 자신을 바라보며 망연자실해졌다. 게다가 1세기 전이라면 과연 내가 체코인이 되겠다는 선택을 했을지, 그조차 자신이 없었다. 내게 부족했던 것은 역사적 사건들에 대한 지식이 아니었다. 나는 다른 지식이, 플로베르가 말했을 법한, 인류의 내용을 파악하는, 역사적 상황의 '혼'으로 파고드는 지식이 필요했던 것이다. 어쩌면 나는 한 소설을 통해서, 위대한 한 소설을 통해서 그 당시 체코인들이 어떻게 그들의 결정을 감내했는지를 이해할 수 있었을 텐데. 그런 소설 한 권 쓰인 적 없다. 바로 이것이, 그 어떤 것도 위대한 소설의 부재를 메워 줄 수 없음을 보여 주는 경우 중 하나다.

잊을 수 없는 망각

납치된 내 작은 나라를 영원히 떠나온 지 몇 달 후, 나는 다시 마르티니크에 갔다. 아마도 며칠간 만이라도 내 망명자 신세를 잊고 싶었나 보다. 하지만 그런 일은 있을 수 없었다. 약소국가들의 운명에 따라 내가 망명자가 되었다는 생각에 과민해져서인지, 그곳에 있는 모든 것은 나의 보헤미아를 상기시켰다. 그도 그럴 것이 마르티니크와 나의 만남은 마르티니크의 문화가 열성적으로 고유성을 추구할 때 이루어졌으니까.

그 당시 나는 이 섬에 대해서 무엇을 알고 있었을까? 열일곱 살 때, 전쟁 직후 전위적인 체코의 한 잡지에 번역되어 읽어 본 시의 작가, 에메 세제르라는 이름을 제외하고는 아무것도 몰랐다. 마르티니크는 내게 에메 세제르의 섬이었다. 그리고 실제로 내가 그곳에 발을 들여놓았을 때 그 섬은 오로지 그런 식으로만 내게 다가왔다. 당시 세제르는 포르드프랑스의 시장이었다. 나는 그 시장 곁에서 매일 그에게 말하고, 그에게 속내 이야기를 털어놓고, 그에게 조언을 구하기를 기다리는 무리들을 보았다. 민중과 그들을 대표하는 이가 그렇게 친밀하고 우정 어린 관계를 맺는 모습을 그 뒤로는 분명 본 적이 없다.

한 문화의, 한 나라의 창시자로서의 시인, 나의 중앙 유럽에 그런 시인들이 있어서 나는 이 점을 아주 잘 알고 있었다. 폴란드의 아담 미츠키에비츠, 헝가리의 페퇴피 샨도르, 보헤미아의 카렐 히네크 마하가 바로 그 시인들이다. 마하는 저주받은 시인이었고, 미츠키에비츠는 망명자였고, 샨도르는 한 전투에 참전했다가 1849년에 살해당한 젊은 혁명가였다. 그들은 세제르가 갖고 있던 것, 즉 민중에 대한 의식적인 애정을 가질 기회조차 없었다. 게다가 세제르는 19세기 낭만주의자도 아니다. 그는 랭보의 계승자며 초현실주의자들의 친구인 현대 시인이다. 중앙 유럽 약소국들의 문학이 낭만주의 문화에 뿌리를 박고 있다면, 마르티니크(그리고 서인도제도 전체)의 문학은 현대적 예술 미학에서 탄생되었다!(바로 그 사실이 내 감탄을 자아냈던 것이다!)

온통 들썩이게 만들었던 것은 바로 젊은 세제르의 한 편의 시 「귀향 수첩」(1939)이다. 검둥이들이 사는 서인도제도의 한 섬으로 검둥이 하나가 귀환한다.(세제르는 흑인이라고 하지 않고 일부러 검둥이라고 말한다.) 어떤 낭만도, 어떤 이상도 없이, 이 시는 거칠게 '우리는 누구인가?'라고 자문한다. 아, 그렇다. 정말 서인도제도에 사는 흑인들은 누구인가? 그들은

17세기에 아프리카에서 그곳으로 강제 이주를 당했다. 하지만 정확하게 어디에서 온 걸까? 그들은 어떤 부족에 속해 있었던 것일까? 그들이 사용한 언어는 어떤 것이었을까? 과거는 잊혀 버리고 말았다. 처형되었다. 배의 화물칸에 몸을 싣고 떠난 긴긴 여정에 의해, 시체, 비명, 눈물, 피, 자살, 암살 사이에서 처형된 것이다. 지옥을 통과한 이 여정 이후에 남은 것은 아무것도 없었다. 망각만이, 본질적이고 토대가 되는 망각만이 남았을 뿐.

망각의 잊을 수 없는 충격은 노예의 섬을 꿈의 극장으로 변모시켰다. 실제로 마르티니크인들이 그들 고유 삶을 상상하고, 그들의 존재론적 기억을 창조할 수 있었던 것은 전적으로 꿈에 의해서였으니까. 망각의 잊을 수 없는 충격은 민담 작가들을 정체성을 탐구하는 시인들의 반열로 격상시켰으며, (그들에게 경의를 표하려고 파트리크 샤무아조는 『솔리보 마니피크』를 썼다.) 훗날에 그들의 환상과 광기와 더불어 숭고한 구전 유산을 소설가들에게 물려줬다. 이 소설가들, 나는 그들을 좋아했다. 이상하게도 그들이 가깝게 느껴졌으니까.(마르티니크인뿐만 아니라 아이티인도 그랬다. 나와 같은 망명자인 르네 드페스트르, 1961년에 처형당한 자크 스테팡 알렉시, 또 그보다 이십 년 전에 프라하에서 처형당한, 문학에 대한 내 첫사랑을 불러일으킨 블라디슬라프 반추라.) 그들의 소설은 아주 독창적이고(꿈, 마법, 환상이 소설에서 특별한 역할을 했다.) 그들의 섬뿐만 아니라(내가 예외적으로 강조하는 부분) 소설의 현대적 기법, 세계 문학을 위해서도 중요한 것이었다.

잊힌 유럽

그러면 유럽에 사는 우리는, 우리는 누구인가?

18세기 후반이 지나고 나서 프리드리히 슐레겔이 쓴 "프랑스 혁명, 괴테의 『빌헤름 마이스터』 그리고 피히테의 『지식학』은 우리 세대의 가장 중요한 경향이다."라는 문장을 기억한다. 엄청난 정치적 사건과 동일 선상에 소설과 철학서를 놓는 것, 그것이 유럽이었다. 데카르트와 세르반테스와 더불어 탄생한 유럽, 그것이 바로 근대 유럽이었다.

삼십 년 전에 누군가가 "식민지 해방, 하이데거의 기술 비판, 펠리니의 영화가 우리 시대의 가장 중요한 경향을 대변한다."는 식의 글을 쓸 수 있었으리라고 생각하기는 어려울 것이다. 이러한 사고방식은 더 이상 시대정신에 부응하지 않았으니까.

그러면 오늘날은? 누가 감히 문화(예술, 사상)의 작품과 (예를 들자면) 유럽 공산주의의 실종에 동일한 가치를 부여할까?

그러한 가치를 지닌 작품이 더 이상 존재하지 않는 것인가?

아니면 그 가치를 알아볼 만한 능력을 우리가 상실한 것일까?

이러한 질문을 던져 봤자 아무 소용도 없다. 현대 유럽은 더 이상 그곳에 있지 않다. 우리가 살고 있는 현대 유럽은 더 이상 철학과 예술이라는 거울에서 자신의 정체성을 찾고자 하지 않는다.

그러면 그 거울은 어디에 있을까? 어디로 가야 우리의 얼굴을 찾을 수 있을까?

세기와 대륙을 가로지르는 여행으로서의 소설

알레호 카르펜티에르의 소설 『하프와 그림자』(1979)는 세 부로 구성되어 있다. 1부는 19세기 초 미래의 교황 비오 9세가 며칠간 머문 칠레를 배경으로 한다. 여기서 교황은 신대륙 발견이 현 기독교도의 가장 영광스러운 사건이라고 확신하고, 크리스토퍼 콜럼버스의 시복(諡福)식에 자신의 생애를 바치겠다고 결심한다. 2부는 우리를 약 3세기 이전으로 보낸다. 거기서 크리스토퍼 콜럼버스의 아메리카 대륙 발견이라는 믿을 수 없는 모험을 이야기한다. 3부에서 크리스토퍼 콜럼버스는 자신이 죽은 지 약 4세기가 지난 뒤 혼령이 되어 천상의 재판에 참여한다. 이 재판은 엉터리 같으면서도 박식함이 넘치는 토론(카프카에 의하면 우리는 비개연성의 경계가 더이상 지켜지지 않는 시기에 있다.)을 거친 후 그의 시복식 취소를 명한다.

이렇게 각기 다른 역사적 시기들을 단 하나의 구성으로 통합하기. 자, 이것은 예전에는 받아들일 수 없었던, 20세기 소설 기법 앞에 펼쳐진 새로운 가능성 중 하나다. 이는 소설이 개인의 심리 분석에 탁월한 마력적 기법의 한계들을 뛰어넘고, 초개인적이고 일반적이며 넓은 의미에서 실존적 문제 제기에 주의를 기울일 줄 알게 되면서부터 바로 형성된 것이다. 한 번만 더 『몽유병자들』을 살펴볼까 한다. 이 소설에서 헤르만 브로흐는 '가치들의 타락'이라는 격류에 휘말린 유럽인들의 삶을 보여 주고 싶어 한다. 그래서 서로 떨어져 있는 역사의 세 시기를 선택한다. 다시 말해서 유럽이 자신의 문화와 존재 이유의 붕괴를 향해 몰락해 가는 세 계단을 선택한 것이다.

브로흐는 소설 형식에 새 길을 열었다. 카르펜티에르의 작품 역시 이와 동일한 길에 있을까? 그렇고말고. 그 어떤 유명한 소설가일지라도 소설사(小說史)에서 벗어날 수는 없으니까. 그러나 유사한 형식의 이면에는 서로 다른 의도들이 숨어 있다. 역사의 다양한 시기들을 대조해 놓고서, 카르펜티에르는 위대한 종말의 미스터리를 풀려고 하지 않는다. 그는 유럽인이 아니다. 그의 시계(서인도제도와 라틴아메리카 전역의 시계) 위의 바늘들이 자정을 가리키려면 아직 멀었다. 그는 "우리는 왜 사라져야만 하는가?"라고 자문하지 않는다. 그 대신 "우리는 왜 태어나야만 했는가?"라고 묻는다.

우리는 왜 태어나야만 했는가? 그리고 우리는 누구인가? 또 테라 노스트라(우리의 땅)는 어디인가? 주관적 기억의 도움

만으로 정체성의 수수께끼를 풀려고 하면 아주 적은 부분만 이해하게 될 것이다. 이해하려면 비교해야만 한다고 브로흐는 말했다. 정체성은 일련의 대조 작업을 거쳐야만 한다. 그러니까 프랑스 혁명을 그에 대한 서인도제도의 반응들(파리의 기요틴과 과들루프의 기요틴)과 — 카르펜티에르가 『계몽의 세기』(1962)에서 한 것처럼 — 대조해 봐야 한다. 또 18세기 멕시코의 식민 통치자는 — 카르펜티에르의 『바로크 콘서트』(1974)에서처럼 — 우리에게 라틴아메리카와 유럽의 환상적인 만남을 보여 주기 위해 이탈리아에서 헨델, 비발디, 스카를라티와 (그리고 밤늦은 술자리에는 스트라빈스키와 루이 암스트롱도 끼어 있다!) 친하게 사귀어야 한다. 자크 스테팡 알렉시의 『눈 깜짝할 사이』(1959)에서 노동자와 매춘부의 사랑은 북아메리카 선원들이 표상하는 완전히 낯선 세계를 배경으로 하는 아이티의 매음굴에서 펼쳐진다. 왜냐하면 영국과 에스파냐의 아메리카 대륙 정복의 비교가 도처에 퍼져 있기 때문이다. "눈을 떠요, 헤리엇 양, 그리고 우리가 아메리카 인디언들을 무참히 살해했던 때를 떠올려 봐요. 인디언 여자들을 겁탈해 혼혈인 촌락이라도 만들려는 배짱조차 없었던 우리를 기억해 보란 말이에요."라고 카를로스 푸엔테스 소설 — 『늙은 미국인』(1985) — 의 주인공은 말한다. 그는 멕시코 혁명 후에 여기저기 떠돌던 늙은 북아메리카인이다. 그가 한 말을 살펴보면, 그는 두 아메리카 사이의 차이를 포착하고 있다. 그리고 또 잔인함의 대조적인 두 원형 사이의 차이를 이해한다. 경멸에 닻을 내리고 있는 잔인함(이 잔인함은 적에게 손대지 않고, 심지어 적을 보지도 않고, 거리를 두고 죽이기를 좋아한다.)과 영속적이고 긴밀한 접촉에 의해 살찌워지는 잔인함.(이것은 두 눈으로 바라보며 적을 죽이고 싶어 한다.)

이 모든 소설가들의 작품에서 모두 나타나는 대조의 열정은 공기, 공간, 숨 쉬기의 욕망이기도 하다. 이는 새로운 형식들의 욕망이기도 하다. 나는 세기와 대륙을 가로지르는 대장정인 푸엔테스의 『테라 노스트라』(1975)를 생각하고 있다. 그 소설에서 우리는 작가의 도취된 환상 덕분에 각기 다른 시기에 동일한 이름으로 환생하는 동일한 인물들을 계속해서 만난다. 이러한 그들의 존재는 구성의 단일성을 확립한다. 소설 형식의 역사 가운데에서 믿기 힘들 정도로 가능성의 극한에 우뚝 서 있는 이 구성의 단일성 말이다.

기억의 무대

『테라 노스트라』에는 신기한 연구실과 환상적인 중세 기계 장치로 이미 일어난 모든 사건들뿐만 아니라 일어날 수도 있었던 모든 사건들까지 스크린 위에 투영할 수 있는 '기억의 무대'를 가진 미친 학자가 나온다. 그의 말에 의하면 '과학적 기억' 곁에는, 실제 역사와 일어날 수도 있었던 모든 사건을 더하여 '과거 전체의 총체적 지식'을 담고 있는 '시인의 기억'이 있다고 한다.

푸엔테스는 자신이 만들어 낸 미친 학자에게 영감을 받았는지, 『테라 노스트라』에 에스파냐의 역사적 인물인 왕과 왕비를 등장시키지만, 이들의 모험은 실제 일어났던 일과는 아무런 유사성이 없다. 푸엔테스가 그만의 '기억의 무대' 스크린 위에 투영한 것은 역사가 아니다. 그것은 에스파냐의 역사라는 테마에 대한 환상적 변이다.

이 소설을 말하다 보니, 카지미에시 브란디스의 『착상(Pomysł)』(1974)에 나오는 정말 웃긴 구절이 생각난다. 미국의 어느 대학에서 한 폴란드 망명자가 자기 나라의 문학사를 가르친다. 아무도 폴란드 문학사에 대해서 아는 바가 없다는 사실을 알고는, 그는 장난삼아 세상에 나온 적 없는 작가들과 작품들로 구성된 가상의 문학사를 만들어 낸다. 대학 학기가 끝나 갈 무렵에 그는 이 상상의 역사와 실제 역사를 구분하는 본질적 기준이 전혀 존재하지 않음을 깨닫고는 이상하게도 실망하게 된다. 그는 일어날 수 없었을 만한 사건은 아무것도 만들어 내지 못했던 것이다. 그가 친 장난은 폴란드 문학의 의미와 정수를 충실하게 반영했다.

로베르트 무질 역시 '기억의 무대'를 가지고 있었다. 그는 그곳에서 1914년 황제 생일 축제를 평화의 범유럽적 대축제로 만들려는 의도로 '비밀 업무'를 수행하는(또 한 번 무질 특유의 엄청난 절망적 농담이 발휘되고 있다!) 빈 권력 기관의 활동을 관찰했다. 2000쪽에 걸쳐 전개되는 『특성 없는 남자』의 전체 줄거리는 존재한 적 없는 지적 정치적 외교적 사교적인 이 중요 기관 주변에서 벌어진다.

현대인의 삶의 비밀에 몰두해 있던 무질은 역사적 사건들을 (독일어 그대로 인용하자면) vertauschbar(상호 교환할 수 있는, 치환할 수 있는) 것으로 여겼다. 왜냐하면 전쟁 날짜, 정복자와 피정복자의 이름, 다양한 정치적 발의들은 그 경계가 깊게 숨겨진 힘들에 의해 결정되는 변이와 치환 작용의 결과이기 때문이다. 그 놀이의 한계는 본질적이면서 숨겨진 힘들에 의

해 결정된다. 때때로 이 힘들은 우연히 이루어진 역사보다는
변이된 역사에서 훨씬 더 의미심장한 방식으로 나타난다.

연속성에 대한 의식

그들이 너를 싫어한다고 말하는 거니? 그런데 '그들'은 누구를 말하는 거야? 그들은 각기 다른 식으로 너를 미워해. 그리고 그중에는 분명 너를 좋아하는 이도 있을 거야. 문법은 마술을 부려서 다수의 개체를, '우리'나 '그들'로 지칭되기는 하지만 구체적 실재로는 존재하지 않는 단 하나의 실체, 단 하나의 주어, 단 하나의 '주부(主部)'로 변형할 줄 안다. 늙은 엄마 애디는 그녀의 대가족이 지켜보는 가운데 죽는다. 포크너는 — 그의 소설 『내가 죽어 누워 있을 때』(1930)에서 — 아메리카의 후미진 곳에 있는 묘지로 관을 실어 가는 긴 여정을 이야기하고 있다. 이 이야기의 주인공은 한 집단, 즉 한 가족이다. 그러므로 그들의 시체, 그들의 여행이 되는 것이다. 그러나 포크너는 소설 형식을 통해서 복수(複數)라는 마법의 신비를 벗긴다. 단 한 명의 서술자가 아니라 복수의 등장인물들(이 소설에선 열다섯 명)이, 바로 그들이 각자 나름의 방식으로 (59개의 짧은 장들로 구성된) 이 원정기를 풀어 나가는 것이다.

복수의 문법적 기만과 더불어 단 한 명의 서술자가 가진 지배력을 없애려는 경향, 포크너의 이 소설에서 상당히 부각되는 이러한 경향은, 초기 소설의 기법에서부터 그리고 18세기에 아주 널리 퍼졌던 '서간체 소설'의 형식에서 이미 싹을 틔워 가능성으로 제시됐다. 이 형식은 '스토리'와 인물들 사이의 세력 관계를 단번에 무너트렸다. 그로 인해 어떤 인물을 등장시키고 소설의 시간적 배경을 어디로 잡을 것인가를 '스토리'의 논리가 독단으로 정하지 않게 되었다. 대신 이번에는 인물들이 해방되어 말할 자유를 온전히 얻고 그들 스스로가 놀이의 주인이 되었다. 왜냐하면 편지라는 것은, 정의하자면, 하고 싶은 말을 하고 횡설수설하다 한 주제에서 다른 주제로 마음대로 넘어갈 수 있는 서신 교환자의 고백이니까.

'서간체 소설' 형식과 이 형식의 무궁무진한 가능성을 생각하니 감탄이 절로 나온다. 그런데 생각할수록 이 가능성들이 이용되지도 않았고 심지어 주의를 끌지도 못했단 사실은 이해할 수 없다. 아, 작가라면 여담, 에피소드, 성찰, 추억 들을 가지고 기발한 전체를 만들고, 동일한 사건에 대한 각기 다른 설명과 해석을 대조하는 것이 당연한데! 안타깝게도 '서간체 소설'을 활용한 작가 중에 리처드슨과 루소 같은 작가는 있었으나 로렌스 스턴 같은 작가는 단 한 명도 없었다. 그 결과 이 장르의 소설은 '스토리'의 전제적 권위에 눌려 온

갓 자유를 포기하고 말았다. 나는 푸엔테스의 미친 학자를 생각하면서 한 예술의 역사(한 예술의 '총체적 과거')는 그 예술이 창조했던 것뿐만 아니라 창조했을 수도 있었던 것에 의해, 또 완결된 모든 작품과 더불어 있을 수 있었으나 실현되지 않았던 작품들에 의해서도 이루어지는 것이라고 말해 본다. 그러나 다음 문제로 넘어가 보자. 모든 '서간체 소설' 가운데 세월이 흘러도 꺾이지 않고 버텨 온 아주 위대한 책 한 권이 남아 있다. 바로 쇼데를로 드 라클로의 『위험한 관계』(1782)다. 『내가 죽어 누워 있을 때』를 읽으면서 내가 떠올린 소설이기도 하다.

이 두 작품을 연결할 수 있는 이유는, 한 작품이 다른 작품에게 영향을 끼쳤기 때문이 아니다. 같은 예술의 동일한 역사에 속해 있는 이 두 작품이, 소설사가 제공하는 중요한 문제, 즉 단 한 명의 서술자가 남용하는 권력의 문제에 관심을 기울이고 있기 때문이다. 시간적으로 상당히 떨어져 있으면서도 두 작품은 권력을 부수고 서술자의 왕좌를 탈환하려는 동일한 욕망에 사로잡혀 있다.(그들의 반항은 문학 이론의 관점에서 서술자를 겨냥할 뿐만 아니라, 이 서술자가 누리는 잔인한 권력 또한 공격하고 있다. 까마득한 옛날부터 모두에 의해 승인되고 강요된 단 하나의 판본을 가지고 인류에게 이야기를 풀어 내는 그 잔인한 권력을 향해서 말이다.) 포크너 소설의 낯선 형식은 『위험한 관계』를 바탕에 놓고 비교할 때 그 심오한 의미를 온전히 드러낸다. 바탕을 바꾸어 비교해 보면 역으로 『내가 죽어 누워 있을 때』는 라클로의 굉장한 예술적 대담함을 인식할 수 있

게 만들어 준다. 하나의 '스토리'를 다양한 각도에서 조명함
으로써 자신의 소설을 각각의 개별적 진실들과 그 환원될 수
없는 상대성의 카니발로 만들 줄 알았던 대담함을.

모든 소설에 대해 이렇게 말할 수 있다. 왜냐하면 소설들
이 공유하고 있는 역사는 소설끼리 다양한 상호 관계를 맺도
록 하니까. 그럼으로써 소설의 의미는 명확해지고 그 명성은
유지되고 망각으로부터 보호받을 수 있다. 만일 스턴, 디드
로, 곰브로비치, 반추라, 그라스, 가다, 푸엔테스, 가르시아 마
르케스, 키슈, 고이티솔로), 샤무아조, 루슈디가 그들의 소설
에서 프랑스와 라블레의 광기들을 반향시키지 않았다면 라
블레의 무엇이 남아 있겠는가? 출판 당시에는 거의 받아들여
지지 않았던 『몽유병자들』(1929~1932)의 미학적 혁신이 온전
히 그 영향력을 발휘할 수 있었던 것은 『테라 노스트라』(1975)
가 있었기 때문이다. 그리고 살만 루슈디의 『악마의 시』
(1988)는 이 두 소설에 인접해 있음으로 해서 덧없는 정치적
관심거리로만 남지 않고, 시대들과 대륙들을 몽환적으로 대조
함으로써 현대 소설의 가장 대담한 가능성을 펼친 위대한 작
품이 되었다. 그리고 『율리시스』! 이 작품은 현재의 신비, 삶
의 순간에 함축된 풍요, 무의미의 실존적 치욕에 대한 소설 기
법의 오랜 열정에 익숙해진 사람만이 이해할 수 있다. 『율리
시스』는 소설사의 맥락 밖에 놓이게 되면 단지 변덕스러움에,
한 광인의 이해할 수 없는 괴팍함에 지나지 않을지 모른다.

예술 작품들은 그 역사에서 떨어져 나오게 되면 훌륭한
어떤 것도 남아 있지 않게 된다.

영원

오랜 기간, 예술은 새로움을 추구하지 못한 채 반복을 아름답게 만들고 전통을 강화하고 집단의 삶을 더욱더 견고하게 만드는 데 충실했다. 그 기간에 음악과 무용은 사회적 제의, 미사와 축제라는 틀 안에서만 존재했다. 그러다 12세기 어느 날 파리의 한 교회 음악가가 수세기 동안 변함없던 그레고리오 성가의 멜로디에 대위법을 이루는 한 목소리를 첨가할 생각을 하게 되었다. 기본 멜로디는 여전히 태고 상태 그대로를 유지하고 있었다. 하지만 대위법을 이루는 그 목소리는 혁신을 이루었다. 그리고 이 혁신은 또 다른 혁신들에, 세 개, 네 개, 여섯 개의 목소리로 이뤄지는 대위법에, 점점 더 복잡해지고 예측할 수 없는 다성의 형식들에 접근하고 있었다. 더 이상 예전에 만들어진 것을 모방하지 않았기 때문에 작곡가들은 무명을 벗고, 그들의 이름은 아주 멀리까지 길에 늘어선 램프처럼 빛을 발하게 되었다. 이렇게 비상을 이룬 음악은 수세기를 거쳐 음악의 역사가 되었다.

유럽 모든 장르의 예술은 각각 그때가 되어서 이런 식으로 비상을 하고 나름의 역사로 변화되었다. 바로 이것이 유럽의 놀라운 기적이다. 유럽의 예술이 아니라 역사로 변화된 유럽의 예술 말이다.

그런데 안타깝게도 이 기적의 유효 기간은 짧다. 비상했다가 어느 순간에는 추락하는 것이다. 나는 서글픈 마음에 사로잡혀 이런 상상을 해 본다. 예술이 절대로 말해진 적 없는 것을 찾기를 그만두고 다시 유순해지는 날이 오겠지. 그 날이 오면 예술은 반복을 아름답게 만들고 개인이 기쁜 마음으로 순순히 획일적인 존재가 되도록 돕기를 요구하는 집단의 삶에 봉사할 테지.

왜냐하면 예술의 역사는 덧없기 때문이다. 하지만 예술의 지저귐은 영원하다.

옮긴이 박성창   서울대 불문과 및 동 대학원을 졸업하고 파리 3대학에서 박사 학위를
받았다. 저서 『우리 문학의 새로운 좌표를 찾아서』, 『비교문학의
도전』, 『글로컬 시대의 한국문학』 등과 역서로 밀란 쿤데라의 『향수』,
생텍쥐페리의 『어린 왕자』 등이 있다. 2008년 프랑스 문학 잡지
《NRF(La Nouvelle Revue Française)》에 한국 현대 문학을 소개했다.

밀란 쿤데라 전집   Milan Kundera   13

커튼

1판 1쇄 펴냄 2008년   8월   1일
2판 1쇄 펴냄 2012년 10월 12일
3판 1쇄 찍음 2026년   2월 20일
3판 1쇄 펴냄 2026년   3월 10일

지은이 밀란 쿤데라
옮긴이 박성창
발행인 박근섭·박상준
펴낸곳 (주)민음사

출판등록 1966. 5. 19. 제16-490호
주소   서울특별시 강남구 도산대로1길 62(신사동)
          강남출판문화센터 5층 (우편번호 06027)
대표전화 02-515-2000 | 팩시밀리 02-515-2007
홈페이지 www.minumsa.com

한국어 판 ⓒ (주)민음사, 2008, 2012, 2026. Printed in Seoul, Korea

ISBN 978-89-374-0473-3 (04860)
     978-89-374-0460-3 (세트)

잘못 만들어진 책은 구입처에서 교환해 드립니다.